입가에 어둠이 새겨질 때 쓸쓸한 식탁에 빛이 되어 준 추억의 음식들

지은이 김미양
초판 1쇄 발행 2021년 9월 16일
편집 임명선
디자인 박규비
일러스트 박규비

펴낸이 윤진경
펴낸곳 두두
등록 2018년 04월 11일(제2018-000005호)
주소 부산 수영구 광안해변로 294번길 24 지하1층
전화 051-751-8001
팩스 0505-510-4675
전자우편 doodoobooks@naver.com

Published in Korea by DooDoo Publishing Co, Busan.
Registration No. 2018-000005.
First press export edition September, 2021.

Author Kim, Mi Yang
ISBN 979-11-91694-01-7 03810

본 도서는 부산광역시, 부산문화재단의 2021 청년문화 육성지원 사업을 통해 사업비를 지원받았습니다.

입가에 어둠이 새겨질 때

입가에
어둠이
새겨질 때

지은이 **김미양**

쓸쓸한 식탁에
빛이 되어 준
추억의 음식들

두두

Invitation

식탁의 빈자리에 당신을 초대해

서른을 넘긴 어느 날의 일입니다. 거울을 보다 문득 입가의 주름을 발견했습니다. 나이 들어감을 실감하는 그 순간, 거울에 비친 제 모습이 어딘가 익숙하게 보였습니다. 슬며시 팔(八)자 모양으로 자리 잡기 시작한 주름과 그 골을 따라 드리워진 그늘. 입을 꾹 다물고 있을 때 아래로 쳐지는 입술과 고집스러운 턱선은 제 아버지, 그리고 제 할아버지의 하관과 꼭 닮아 있었습니다.

사면이 바다라 어디로도 갈 수 없는 섬, 제주에서 저는 태어났습니다. 제주의 바람과 햇살 속에 자라면서도 어렸을 땐 제가 사는 곳의 아름다움을 몰랐습니다. 하루빨리 가족 품을 벗어나 넓은 세상을 누비고만 싶었습니다. 마침내 성인이 되어, 요리사가 되기 위해 비행기에 올라탔습니다. 작은 섬에선 볼 수 없었던 화려한 음식들을 맛보고 내 손으로 요리할 생각에 가슴이 들떴습니다. 그러나 육지에서 요리를 배우면 배울수록 머릿속에 선명해지는 것은 다름 아닌, 가족들과 먹었던 음식이었습니다.

추억의 맛이 마냥 달콤했던 것은 아닙니다. 홀로 앉아 떠올린 기억에는 즐겁고 행복한 순간보다 아프고 슬픈 순간이 더 많았습니다. 입가에 어둠이 드리워질 무렵, 저는 입가에 새겨진 기억들을 인정하기로 마음먹었습니다. 소금처럼 짜고, 고추처럼 맵고, 산초처럼 얼얼했던, 그 모든 순간이 모여 지금의 저를 이루고 있습니다. 그 사실을 받아들이자 더는 어둠이 두렵지 않았습니다.

한때 요리사를 꿈꾸었던 사람에게 남은 유일한 교훈은 바로 이것입니다. 쓰고 짜고 매운 양념과 달고 고소한 양념이 조화롭게 섞일 때, 비로소 삶은 더 진한 맛을 낸다는 것.

저는 이제 추억을 요리하는 사람이 되어 밥 대신 글을 짓습니다.

아주 오래전부터 입에서 입으로 전해져 왔을 제주의 음식과 고유의 언어들, 홀로 밥을 지어 먹는 자취생활 동안 의지가 되었던 다정하고 따뜻한 순간들, 서로 입을 마주 보며 함께 먹고 지낸 식구이기에 더욱 가슴에 사무쳤던 기억들. 칼 대신 연필을 손에 쥐고 그것들을 요리했습니다.

부족함이 많은 상차림이지만, 이 식탁의 빈자리에 당신을 초대합니다.

언젠가, 또 다른 식탁에서 만나 당신 입가에 새겨진 이야기도 들을 수 있기를 바라며.

식탁의 빈자리에 당신을 초대해

나를 살찌운 섬, 나를 살찌운 말

혼자여도 혼자가 아니었던 시간

서로의 입을 보며 우리는 울고 웃었네

제주
濟州

나를 살찌운 섬, 나를 살찌운 말

건널 '제', 고을 '주'

: 깊은 바다 건너 사람들이 사는 섬

돼지비계

나를 키운 것은 팔 할이 돼지기름이었다

내가 갓 태어났을 적에, 엄마는 나를 포대기에 싸서 업고 집안 일을 했다. 엄마는 그 시절을 회상할 때마다 혀를 내두르며 몸서리를 친다. 나와 세 살 터울의 오빠를 돌보며 어린 나를 수시로 업고 어르는 일도 물론 힘들었을 테지만, 엄마가 지금까지도 학을 떼는 데엔 다른 이유가 있다.

태어날 때부터 비실비실해 가족들의 걱정을 한 몸에 받은 오빠와 달리, 나는 3.8kg 우량아로 토실토실하게 태어났다. 식욕도 아주 왕성했는데, 누가 제주도 사람 아니랄까 봐 이유식이나 겨우 시작할까 말까 할 무렵부터 그 어린 것이 돼지고기에 환장을 했다고 한다. 그것도 담백한 살코기가 아니라 말캉하고 쫄깃한 비계

부분을. 숨넘어갈 듯 울다가도 사탕이나 과자가 아니라 삶은 돼지고기 비계 한 토막을 썰어 손에 쥐여 주면 울음을 뚝 그쳤단다.

나는 엄마 등에 업혀 돼지비계를 손에 꽉 쥐고 무아지경으로 기름을 빨아 댔다. 입술로 문대고 빨고 입에 넣어 오물거리고 있는 동안에, 기름기가 볼에도 턱에도 묻어 얼굴이 온통 번들거렸다. 누가 빼앗아 가기라도 할까 봐 고사리손에 힘이 어찌나 세게 들어갔는지 쥐어 짜낸 기름은 손 밑으로 뚝뚝 떨어져 내 가슴팍을 흐르고 옷과 포대기에도 스며들어, 이윽고 엄마의 등을 타고 주르륵 흘러내렸다.

우리 집은 날마다 입에 기름칠할 만한 형편이 아니었는데 어찌 갓난아이가 딸랑이 대신 비계토막을 쥐고 방긋방긋 웃으며 컸을꼬 생각해 보니, 그때는 아직 가세가 기울기 전이었고, 아마 개중에는 동네 어느 집 제사나 잔칫날도 섞여 있었던 게 아닐까 싶다.

제주 사람들은 돼지고기에 각별한 애정을 갖고 있다. 제사나 결혼 같은 집안의 대소사마다 돼지고기는 빠지지 않고 상에 오른다. 시골에서는 큰 잔치를 앞두고 있으면 동네 남자들이 모여 돼지를 잡았다. 잔칫집에서는 그 돼지고기를 삶아 수육으로 썰어 내놓고, 남은 뼈와 각종 부위는 큰 솥에 끓여 사흘 내내 손님들에게 몸국을 대접했다. 먼 거리에 사는 사람도 잔칫날 중 하루는 와서 뜨끈한 고깃국을 먹고 가라는 배려다. 지금은 많이 사라진 문화지만, 호텔 뷔페에서 피로연을 하더라도 돼지고기 수육 석 점과 수애, 둠비로 구성된 '궤기반[1]'은 반드시 준비하는 것이 일반적이다. "돗궤기 석 점 언제 먹게 해 줄 거야?"라는 물음이 "국수 언제 먹게 해 줄 거야?"처럼 결혼을 재촉하는 말로 쓰이기도 한다.

이웃과 함께 나눠 먹는 돼지고기는 단백질을 섭취하기 힘든 환경에서 살아가는 섬사람들의 지혜였다. 그러니 섬에서 태어난 내가 돼지비계와 사랑에 빠지게 된 것은 분명 거부할 수 없는 운명이었을 터.

단순히 추억의 맛이라서 하는 소리가 아니라, 제주도의 돼지고기 맛은 정말 각별하다. 특히 비계는 물컹거리지 않고 탄력 있는 식감이 일품인데, 씹으면 씹을수록 고소한 환희가 퍼져 나온다. 식용유를 마신 듯 느끼하게 번들대는 맛이 아니라, 입안 전체에 묵직하게 스며드는 배지근[2]한 맛이다.

지금은 워낙 유명해진 흑돼지 오겹살은 늠름한 자태에 한 번 놀라고 가격에 또 한 번 놀라게 되는 '관광지 음식'일 뿐, 내 혀에

1 '수애'는 메밀가루와 선지가 들어간 제주식 순대, '둠비'는 제주 재래종 콩으로 만든 두부다. '궤기반'은 돼지고기 수육과 수애, 둠비가 담긴 1인분의 접시를 뜻한다.

2 '묵직한 감칠맛이 난다'는 뜻의 제주어다. 고깃국물 같은 음식에서 깊은 풍미가 느껴질 때 제주 사람들은 '배지근하다'는 표현을 쓴다. 단백질이나 지방 각각의 성분만으로는 느끼기 힘들고 두 성분이 고루 어우러졌을 때 비로소 '배지근한 맛'이 만들어지는 것 같다.

각인된 진짜 제주도 돼지고기는 잔칫집의 쫄깃한 수육과 뽀얗고 걸쭉한 몸국, 그리고 제사상에 오르는 굵직한 산적이다.

산적은 돼지비계 맛의 정수라 할 수 있다. 돼지고기를 삶은 후 손가락 굵기로 길쭉하게 썰고 꼬치에 꿰어 지져낸 음식인데, 이 산적은 비계가 듬뿍 섞인 부위로 요리해야 제맛이다. 살코기, 비계, 껍데기 부위가 고루 섞이도록 번갈아 꿰어 놓으면, 제사를 끝내고 음복을 하는 상에서 나는 살코기는 쳐다보지도 않고 껍질과 비계만 씹어 댔다.

'내추럴 본 기르머'로 태어나 엄마 젖가슴 주무르듯 돼지고기를 주무르며 입에 기름칠했던 나는 그 후로도 돼지고기 놓인 상을 마주할 때마다 눈을 반짝였다. 집밥의 기본인 김치찌개에서부터 산적, 두루치기, 잔칫집 수육까지 나의 젓가락이 향하는 곳은 언제나 윤기 자르르한 비계 토막이었다. 그런 식성을 잘 알고 있었기에 부모님은 언제나 내 밥공기 위로 비계 한 점씩을 얹어 주곤 했다.

그러나 열 몇 살이 되면서부터 나는 혀끝의 본능을 외면하기 시작했다. 나름 숙녀티를 내고 싶어 하는 사춘기 소녀에게 돼지비계는 어울리지 않는 음식이었다. 밥상에 고기반찬이 올라오는 저녁이면 도도하게 김치와 나물 반찬으로만 밥을 먹으며 고기반찬에는 눈길조차 주지 않았다.

몇 년 후 스무 살이 되어서는 급기야 고향마저도 부정하기에 이르렀다. 입안에선 침이 차오르는데 돼지비계로 향하는 젓가락 끝을 애써 누르듯이, 가족 생각만 해도 눈물방울이 또르르 떨어지는 걸 알면서도 또 한편으로는 내가 속한 모든 것들로부터 벗어나고 싶어 눈을 질끈 감았다. 그 시절 써 놓은 일기에는 내가 처한 상황에 대한 원망과 육지를 향한 막연한 갈증이 가득했다. '이 섬을 떠나면 다시는 돌아오지 않겠다'는 다짐도 들어 있었다.

육지 사람들에게 제주도란 섬이 지닌 이미지는 탁 트인 바다가 선물하는 휴식과 낭만, 자연에서의 힐링 같은 것이겠지만 내게 섬은 사면이 가로막힌 감옥이었다. 모든 기회가 막혀 있었고, 화려한 삶은 상상해 볼 수조차 없는 깊은 우물이었다. 더군다나 가난한 서민인 우리 가족은, 축축한 우물 바닥에 가라앉은 부서진 두레박 같았다.

나는 기어코 제주도를 탈출했다. '육지 대학에 간다'는 명분이 있었다. 공부에 대한 욕심도, 꿈을 향한 열정도 모두 진심이었지만, 돌이켜 생각해 보면 자유의 달콤함이 더 컸던 것 같다. 제주도에 남겨진 가족들과는 다른 특별한 경험을 하고 있다는 오만한 착각과 비뚤어진 이기심. 드디어 세상을 마음껏 훨훨 날 수 있겠다는 희망으로 가득 찬 대학 생활을 하는 동안, 나는 가족들에게 먼저 연락을 하는 경우가 드물었다.

그러나 역설적이게도, 육지의 밥상에서 돼지고기를 마주할 때마다 나의 뿌리가 어디인지, 내 뼈대는 무엇으로 세워졌는지 눈물 나게 실감할 수 있었다.

처음 살아 보는 육지, 그것도 제주와는 전혀 다른 지형의 대전에서, 궁중 음식에서부터 프랑스식, 일식, 중식까지 다채로운 요리로 꽉 채워진 커리큘럼을 이수하며 세상의 거대함을 깨닫는 일은 분명 놀라운 경험이었다. 친구들과 찾은 식당에서, 외국인 교수님들과 함께 하는 학교 실습에서, 혀는 매일 즐거운 학습을 반복했다. 하지만 이상하게도 돼지고기만은 예외였다.

퍽퍽한 살코기만 몇 점 들어간 밍숭맹숭한 맛의 김치찌개, 껍질도 붙어 있지 않은 얇은 고기를 볶은 두루치기, 물컹한 비곗살을 씹으면 느글느글한 기름이 흠뻑 배어 나오는 삼겹살구이. 맛살과 단무지를 꼬치에 꿰어 부친 전을 봤을 땐 얼마나 충격이었던지. 육지의 명절에는 돼지비계가 존재하지 않았던 것이다.

그리운 것은 돼지비계가 먼저였을까, 가족의 얼굴이 먼저였을까.

다만, 한 가지만은 확실했다. 스스로를 속이며 가족에 대한 향수를 애써 눌러도 입맛은 속일 수 없었다. 혀는 언제나 진실을 알고 있었다.

마당에 매캐한 연기가 가득하던 날을 기억한다. 동네 아저씨들이 웅성웅성 모여 있었고 돼지털 그슬리는 냄새 속엔 누린내도 희미하게 섞여 있었다. 숯불을 피우고 철망 위에 고기를 올려놓으면

이내 고소한 향기가 가득 차 좀 전의 그로테스크한 분위기를 바꿔 놓았다.

나는 현관을 들락날락하며 엄마 심부름을 하다가 어느새 아빠 옆에 쪼그려 앉아 고기를 받아먹었다. 불가를 둘러싼 아저씨들은 대개 허름한 작업복 차림이었다. 상 위로 쉴 새 없이 소주잔이 오갔다. 나무젓가락을 움직이는 그들의 손은 나무껍질처럼 거칠었고 손가락 마디마다 뼈가 툭툭 튀어나와 있었다. 반쯤만 알아들을 수 있는 아저씨들의 걸걸한 대화를 들으며 아빠가 입에 넣어 준 고기 한 점을 씹으면 불 냄새 밴 뜨거운 육즙이 입안 가득 퍼졌다.

척박한 섬에서 생계를 유지해야만 하는 사람들의 몸속을 훈훈하게 덥혀 주던 돼지고기. 나의 모난 가슴과 메마른 감정도 돼지비계 앞에선 뜨거운 무언가로 촉촉이 젖었다.

마음의 소리에 귀 기울이기 어려울 땐 혀의 힘을 빌린다. 인정할 수밖에 없다. 내가 돌아가야 할 곳은 결국 그 섬, 같이 돼지고기를 먹던 우리 가족의 품이라는 것을. 아무리 싫어도 결국 사랑만이 남는 것이 가족이고, 아무리 아닌 척해 봐야 나는 거부할 수 없는 돼지비계 소녀라는 사실을.

나를 키운 것은 팔 할이 돼지기름이었다. 가슴 절절하게 그리운, 눈물 나도록 배지근한 우리 집 밥상이었다.

봉끄랑

오늘 저녁, 배 봉끄랑하신가요?

나 입을 통ᄒᆞ영 배불리곡 웃으시단 어머니,

저 시상 창문 열안 날 봠싱가 ᄒᆞ연
속상ᄒᆞᆫ 일 이서도 꼴싱그리지 안ᄒᆞ곡
웃으멍 잘 살암수다 어머니,
오널 저낙에는 밥 두 사발 비와수다
어머니도 배 봉끄랑ᄒᆞ시지 양?

(※내 입을 통하여 배 불리고 웃으시던 어머니, // 저 세상 창문 열고 나를 보는가 싶어 / 속상한 일 있어도 얼굴 찌푸리지 않고 / 웃으며 잘

살고 있습니다 어머니, / 오늘 저녁에는 밥 두 공기 비웠습니다 / 어머니도 배부르시지요 네?)

— 양전형, 「나 입으로 배불리는 어멍」 중에서

(『허천바레당 푸더진다』, 도서출판 다층, 2009, 42쪽)

봉끄랑이란 제주어를 어떻게 설명해야 할까.

단지 배부르다는 말로는 부족하다. 밥을 잔뜩 먹어 배가 빵빵하게, 언덕처럼 봉긋하게 솟아오른 상태와 비슷하다고 하면 설명이 될까.

네다섯 살 무렵, 온 가족이 모여 저녁밥을 먹고 나면 받아야 하는 검사가 있었다. 잔반 검사도 아니요 숙제 검사도 아니요 다름 아닌 '배 검사'. 워낙 먹성이 좋았던 나, 조금 허약하고 말랐던 오빠는 숟가락을 내려놓자마자 할아버지에게 쪼르르 달려가 배를 들이밀었다. 저녁마다 수십 번을 반복해 온 놀이다.

할아버지는 장난스러운 웃음을 지으며 연극배우처럼 과장된 몸짓으로 대사를 읊는다.

"아이고, 수박을 하나 사 볼까? 어느 수박이 더 잘 익었나?"

이 순간, 우리들은 가판대 위에 나란히 진열된 수박 두 덩이가 된다. 오빠와 나는 배를 더 크게 부풀리고 흡, 하고 숨을 멈춘다.

할아버지가 주먹을 살짝 쥐고서 오빠의 배부터 통통통, 두드린다.

"이 수박은 참 잘 익었네. 팔천 원짜리네."

나는 옆에 놓인 수박보다 더 커다란 수박이 되고 싶은 마음에 배를 할아버지 얼굴 앞으로 가까이 내민다. 이미 밥그릇에 붙은 마지막 밥풀 하나까지 싹싹 긁어먹어 배가 터질 지경이지만 그래도 조금 더, 조금 더, 배를 부풀린다. 허리가 꺾일 것 같다. 이윽고 할아버지가 내 배를 통통통, 두드린다.

"아이고! 이건 더 큰 수박이네. 구천 원짜리네, 구천 원짜리!"

함박웃음을 짓는 할아버지를 따라 나도 까르르 웃음을 터뜨린다. 접시를 포개어 부엌으로 나르던 엄마가 우리 모습을 보고 빙그레 웃는다.

봉끄랑, 하면 생각나는 어린 날의 장면이 또 하나 있다.

안방 미닫이문이 반쯤 열려 있고, 할머니가 방 한구석에 앉아 수화기를 들고 있다. 방 안은 어둑하지만 할머니의 실루엣은 또렷하다. 오빠와 나는 문가에 달라붙은 채로 할머니의 통화 내용에 귀를 기울인다. 탕수육 하나, 짜장면 두 개, 짬뽕 하나, 우동 하나, 애들 거로는 오므라이스 두 개…… 이쯤이면 수화기 너머에서 무슨 말이 들려올 차례인지 오빠와 나는 정확히 알고 있다.

"나는 동그라미요!"

"나는 엑스요, 엑스! 엑스표 해 주세요!"

할머니가 우리 쪽으로 고개를 돌려 무어라 입을 열기도 전에, 오빠와 나는 깡충깡충 뛰면서 앞다퉈 소리를 질러 댄다.

그리고 얼마의 시간이 흘렀을까? 고소한 기름 냄새 품은 철가방이 우리 집 현관에 들어선다. 탕수육, 짜장면, 짬뽕, 우동과 함께 오므라이스 두 접시가 우리 가족 밥상에 오른다. 오빠 오므라이스에는 빨간 케첩으로 엑스표가, 내 오므라이스에는 커다란 동그라미가 그려져 있다. 으와아, 나도 모르게 감탄이 새어 나온다. 빨간 동그라미가 그려진 노란 지단을 둘러쓴 오므라이스의 봉긋한 모양새가 너무나 귀엽다. 벌써 여러 번 먹어 본 것이지만 오므라이스에 처음 숟가락을 가져다 대는 순간은 늘 두근두근 설렌다. 숟가락을 세워서 푹푹푹, 계란과 밥을 잘라내고 한술 가득 크게 뜨고 싶은 마음을 간신히 누르고, 숟등을 눕혀 케첩 표면에 착 붙인다. 빙글빙글빙글 숟가락으로 작게 원을 그리면 케첩이 계란 지단 위에 얇게 퍼지기 시작한다. 꼴깍, 침이 넘어간다.

제주를 떠나와서는 오므라이스를 파는 중국집을 본 적이 없다. 나는 이제 얼큰한 짬뽕으로 해장하는 걸 좋아하는 나이가 되어버렸고, 밥알을 씹고 싶을 땐 볶음밥이나 잡채밥을 시키면 되니까 굳이 오므라이스를 찾을 일도 없다. 하지만 문득 궁금해지곤 한다. 30년 전에는 모든 중국집이 다 오므라이스를 팔았던 걸까, 아니면 우리 동네 중국집에서만 꼬마 손님을 위해 특별 메뉴를 내놓았던 걸까? 아이 입맛에 맞게 케첩을 넣고 간 한 볶음밥에 나폴나폴한 지단을 덮어 동그랗고 봉긋하게 모양을 잡은 오므라이스. 오므라이스가 담긴 타원형 접시는 분명 랩이 씌워진 채로 배달되었을 텐데, 케첩으로 그린 그림은 왜 한 번도 망가진 적이 없을까? 그 집의 상호는 뭐였을까? 케첩으로 동그라미를 그려 달라면 동그라미를 그려 주고, 하트를 그려 달라면 하트를 그려 주던, 고마운 중국집.

세상엔 여러 아이가 있다. 덩치가 커다란 아이, 뒤통수가 동그란 아이, 피부가 새하얀 아이……. 그중에서도 나는 '잘 먹는 아이', 언제나 배가 봉끄랑한 아이였다. 아이는 어떤 모습을 하고 있건 그 존재만으로 어른들을 웃게 한다지만, 내가 뭘 오물거리고 있을 때 어른들은 유독 많이 웃었다. 과일가게에 진열된 수박 한 덩이처럼, 접시 위에 봉긋하게 솟은 오므라이스처럼, 내 배가 봉끄랑해질 때마다 자신들의 배가 부른 양 흐뭇한 표정을 짓던 어른들. 그들의 웃음소리가 나를 키웠다. 그들의 마음이 나를 살찌웠다. 이제는 흐릿해진 그 얼굴들을 생각하며 오늘도 밥 한술을 꼭꼭 씹어 삼킨다.

감초처럼 마르셨던 할아버지. 오래전 하늘나라로 가신 우리 할아버지 배도 지금쯤 봉끄랑해졌을까?

매기

그 어떤 맛보다 더 그리운 그 말

할머니는 동네에서 소문난 멋쟁이였다. 겨울에는 모피코트를 걸쳤고, 여름이면 검은색 민소매 블라우스에 검은색 와이드 팬츠를 차려입었다. 진주 목걸이를 하고 선글라스를 착 끼고서 외출하는 할머니는 어린 눈에 보기에도 세련되어 보였다. 그렇지만 할머니가 가장 멋져 보이는 순간은 따로 있었다. 바로 무언가에 몰두하는 할머니의 뒷모습. 돋보기안경을 걸치고 미싱 앞에 앉아 페달을 밟으며 옷감을 밀어 넣거나, 부엌에 서서 도마와 칼을 꺼내 무언가를 썰고 있는 할머니의 뒷모습. 그런 할머니의 뒷모습을 바라보는 게 좋았다. 드르륵드르륵 소리 몇 번이면 잠옷 한 벌이 완성되고, 착착착착 채 써는 소리 몇 번이면 맛있는 요리가 뚝

딱 만들어졌으니까.

할머니는 옷맵시만큼이나 요리 솜씨도 좋았다. 소면을 삶아 진간장 한 숟갈 넣고 참기름, 깨소금 살짝 뿌려 비벼 놓으면 단순한 건데도 어찌나 맛있던지. 또 내가 좋아하는 할머니의 음식 중 하나가 '존다니[3] 회무침'이었다. 꼬득꼬득한 존다니 살점을 새콤매콤하게 무친 것인데, 어른들 사이에서도 호불호가 갈린다는 그 회무침을 어린아이답지 않게 오득오득 잘도 씹어 먹었다. 엄마의 증언에 따르면, 아직 한글도 다 못 뗀 아기 시절에 "할머니, 우리 날도 더운데 존다니나 시장에서 사다가 시원하게 무청 먹게"라고 할머니에게 요구해서 온 가족을 놀라게 한 적도 있었다나.

초등학교에 입학하기 전, 나는 피아노 학원이 끝나면 우리 집이 아닌 할머니 댁으로 달려가 시간을 보냈다.

"안녕하세요오—"

하고 인사를 드리면, 할머니는

"안녕 못 하다!"

라는 퉁명스러운 답으로 인사를 받고는 곧바로 나를 위한 음식을 만들기 시작했다. 쫑쫑쫑쫑 다지거나, 보글보글 끓이거나, 조물조물 무치거나 하는 것들을. 부엌에서 피어나는 소리의 향연은 그 어떤 클래식 곡보다 아름다웠다. 피아노 학원에 가는 것

3 '두툽상어'의 제주어.

보다 수업을 마치고 할머니 댁에 들르는 일이 내겐 더 중요한 일과였다. 나는 숨을 죽이고 식탁 의자에 앉아 할머니의 연주를 감상했다. 또르륵 떨어지는 참기름 한 방울은 감동의 클라이맥스였다. 고소한 향이 코끝에 닿으면 침이 꼴깍 넘어갔다.

이마에 땀이 송골송골 맺히는 어느 여름이었다. 할머니는 작은 그릇을 하나 내왔다. 그 안에는 아기 손가락만 한 굵기로 채 썰어진 투명한 묵이 반짝반짝 빛을 내고 있었다. 할머니는 그게 '우미[4]'라고 했다. 노르스름한 양념 국물에 반쯤 잠겨 있는 우미를 숟가락으로 조심스럽게 떠 입안에 넣었다. 후루룩, 차갑고 탱글한 우미가 순식간에 혀를 타고 목구멍으로 넘어갔다. 눈이 땡그랗게 떠졌다. 새콤달콤한 맛이 절묘한 조화를 이뤘다. 콩가루 섞인 양념이 입안에 착 감겼다. 후루룩후루룩, 매끄러운 우미는 씹을 새도 없이 자꾸만 목으로 빨려 들어갔다. 순식간에 한 그릇을 비웠다. 더 먹고 싶다는 말에 할머니는 웃으며 말했다.

"이제 어신디. 다 먹어부런. 매기."

이렇게 야속한 말이 있나. '매기'라니!

제주도에서 '매기'는 '다 떨어졌다', '남은 것이 없다'는 뜻으로 쓰인다. 매기라니! 믿을 수 없었다. 아직 혀끝엔 우미의 매끄럽고

4 '우무'의 제주어. 우무는 우뭇가사리로 만드는 묵이다.

탱탱한 감촉이 생생한데, 이제 없다니! 울상을 짓고 있노라니 할머니는 슬쩍 한 그릇을 더 퍼다가 내 앞에 내려놓았다. 나는 그 한 그릇도 뚝딱 비워 내고 또 달라고 할머니를 졸랐다. 그렇게 몇 그릇이나 먹었을까?

"이제 어서, 이제 진짜 다 먹어부런. 이제 진짜 매기!"

할머니의 '이제 진짜 매기' 선언에 포기하고 숟가락을 내려놓을 수밖에 없었다. 쩝. 더 먹고 싶은데. 하지만 마냥 아쉽지만은 않았다. 더 이상 오물거릴 건 없어도, '와 진짜 맛있는 걸 먹었구나!'라는 기쁨에 입이 씩 벌어졌다.

매기. 그 말은 세상 어떤 말보다 감칠맛 나는 조미료이자 최고의 디저트였다.

할머니는 우미를 직접 만들었다. 바다에서 건져낸 우뭇가사리를 햇볕 아래 말리고 오랜 시간 끓였다 굳힌 끝에 만들어지는 연한 노란 빛의 투명한 네모 덩어리가 바로 우미였다. 할머니가 매해 여름마다 몇 번이나 우뭇가사리를 말리고 삶아 왔는지, 어린 날의 내가 우미무침을 몇 그릇이나 해치웠는지, 그 숫자는 도무지 짐작도 가지 않는다.

우미처럼 반짝이는 유년의 여름을 통과해 서른을 넘겨 타지에서 맞은 여름. 동네 마트에서 비닐 포장된 '우무'를 발견했다. 반가운 마음에 할머니에게 전화를 걸었다.

“할머니, 우미무침 하려면 뭐 넣어야 돼?”

“우미? 뭐 넣어, 그냥 이신 거 넣는 거주. 설탕, 식초, 간장……. 마농 이시믄 호끔 다졍 넣고, 새우리도 이시믄 쫑쫑 썰엉 넣고. 겐디, 무사? 지금 해 먹잰? 너가 해 지크라?”(※마늘 있으면 조금 다져서 넣고, 부추도 있으면 쫑쫑 썰어서 넣고. 그런데, 왜? 지금 해 먹으려고? 네가 할 수 있겠니?)

“어어, 할 수 있지. 집에 양념도 다 있는데.”

“우미는 어디서 나서?”

“에이, 할머니! 걱정하지 마. 여기 슈퍼에서 우미도 팔아.”

할머니가 일러 주는 요리법을 메모 앱에 적어 넣으며 예전 그 맛을 다시 볼 생각에 들떴지만, 결과는 대실패였다. 할머니가 해 주는 새콤달콤 매콤 짭조롬 고소함이 조화롭게 섞인, 그러면서도 우미의 풍미와 식감을 해치지 않을 정도로 여리여리한, 그 절묘한 양념을 도무지 만들 수가 없었다. 마트에서 산 공장제 우무가 탄력 없이 입안에서 뚝뚝 끊어져 버리는 것도 어쩌면 당연한 일이었다.

매기.

그 말이, 한동안 잊고 지냈던 단어가, 새삼 서글프게 그리워졌다.

매기. 없다는 말. 아무것도 남지 않았다는 말.

할머니와 내가 달그락달그락 맛있게 먹었던 유년의 음식들은 이제 '매기'가 되어 간다.

유난스레 입맛 없는 날, 마트표 진간장과 참기름으로 소면을 비벼 봐도 할머니의 국수 생각만 더욱 간절해질 뿐이었다. 몇 달 전에는 영도의 남항시장 골목을 누비다 존다니와 비슷하게 생긴 '게상어'를 보기도 했다. 하지만 내가 그걸 사다 회를 쳐서 빨갛게 무쳐 본들 오래전 할머니가 해 준 것과 똑같은 회무침을 만들 수 있을까?

검붉은 해초였던 우뭇가사리가 햇볕 아래 하얗게 색을 잃어 가듯, 할머니의 짙은 머리색은 점점 하얗게 바래 간다. 무언가가 끝나고 있다는 걸 나는 진작 눈치챘는지도 모른다. 인정하고 싶지 않아 애써 모른 척해 왔는지도.

이제 없다는 말을 듣고도 한 그릇 더 달라고 조르던 어린 시절처럼, 또다시 고집을 부릴 차례다. 더 늦기 전에 할머니의 음식을 기록해 두자고, 실패하더라도 자꾸자꾸 만들어 보자고, 마음을 다잡아 본다.

언젠가 시간이 더 흘렀을 때, 내 곁에 남은 것이 분명 있다고 당당히 말할 수 있도록. 할머니의 목소리, 영원히 기억되도록.

곤밥

눈을 녹여 밥을 짓는 참 고운 마음

제주도 사람들은 하얀 쌀밥을 '곤밥'이라고 불렀다. 먹을 것이 귀한 시절이었다. 보리밥으로 허기를 달랠 수 있는 것이나마 감사해야 했던 그 옛날, 윤기 자르르 흐르는 흰 쌀밥이 겨울날 소복이 쌓인 눈처럼 깨끗하고 고와서 곤밥이라 이름 붙였을까.

나는 이 곤밥에 대한, 동화 같은 이야기 한 편을 알고 있다.

몇 해 전 추석이었다. 지금은 명절 연휴나 되어야 할머니를 찾아뵙게 되지만, 어렸을 때에는 할머니 댁이 매일 같이 찾아가는 놀이터이자 휴식처였다. 곳곳이 먼지 한 톨 없이 깔끔하게 정리되어 있고, 구석구석 반들반들 윤이 났다. 주전부리 가득한 냉장고가 자꾸만 열어 보고 싶은 보물창고라면, 할머니가 서 있는 부엌은 그야말로 마법 같은 일이 벌어지는 환상의 세계였다. 그 시절이 아직도 눈에 선한데, 어느덧 집 안 구석구석은 조금씩 달라지고 있었다. 묵은 김치와 고추장, 요구르트 몇 병을 빼고는 썰렁하게 비어버린 냉장고. 싱크대 위 선반에 놓인 유리컵에는 미처 닦아 내지 못한 기름 자국이 선명했다. 너덜너덜해진 초록색 수세미에 밥풀 서너 알 붙은 모습도 눈에 들어왔다. 그런 걸로 할머니를 나무라고 싶은 생각은 없었다. 하지만 커피를 타 마시려다 커피잔 바닥에 동그라미를 그리고 있는 묵은 때를 보는 순간, 울컥하는 감정이 치밀어 수세미를 잡고 퐁퐁을 듬뿍 짜서 벅벅벅 한참을 문질러 댔다. 세월 따라 켜켜이 쌓여온 흔적인지 아무리 문지르고 닦아 대도 하얀색 사기 커피잔은 새것처럼 멀끔하게 씻기지 않았다. 생전 깔끔이라고는 떨지 않는 성격인데도 나는 싱크대에 놓여 있던 몇 개의 커피잔과 유리컵, 밥그릇들을 모조리 다 씻어서 엎어 놓았다.

그날 저녁, 우리는 밥을 먹고 난 뒤 상을 치우고 TV 드라마를 보았다. 허리와 무릎이 안 좋은 할머니는 침대 등받이에 기대어 앉았고, 나는 침대 가장자리에 슬쩍 걸터앉은 채였다.

"나가 막 어릴 때이, 할망네 집에 놀러를 가나신디."

불쑥 들려온 할머니의 말소리에 나는 드라마를 보다 말고 고개를 돌렸다. 그러나 할머니의 시선은 여전히 TV 화면을 향해 있었다. 마치 나에게 하는 말이 아니라 그냥 혼자 실없이 읊조리는 말이라는 양, 할머니는 아득한 눈빛으로 입술을 움직였다.

"나가 막 어릴 때이, 할망네 집에 놀러를 가나신디. 그때가 막 추운 겨울이라났주게. 눈이 잘도 하영 내려나서. 그땐 집집마다 수도도 어실 때주. 밥을 하잰 하믄 물이 이서사 할 거 아니? 우리 할망이 손지 온댄 하난, 바깥에 눈 쌓인 거 가져당 녹영 솥에다가 밥을 안쳐서. 겐디 나는 어릴 때도 성격이 밸라났주게. 말을지 기분 내키는 대로 고라나서. 그추룩 추운 겨울날에 할망이 곤밥 행으네 밥상을 차려 줘신디, 밥그릇에 보난 머리털이 이신거라. 그거 봐지난 '아악, 이거 머리카락! 아악, 나 밥 안 먹어!' 영악을 쓰멍 패들락 패들락 했주게. 겅하난 우리 할망은 나 막 달래멍 '야야, 나가 눈을 졸바로 배리지 못해부난 겅 햄시네. 이것만 치워불믄 어떵 안 한다, 혼저 먹으라, 먹으라' 겅 해나신디……."

(※"내가 아주 어렸을 때에, 할머니 댁에 놀러 간 적이 있어. 그때는 아주 추운 겨울이었지. 눈이 무척이나 많이 내렸어. 그땐 집마다 수도 시설도 없을 때였지. 밥을 하려면 물이 있어야 하잖니? 우리 할머니께서 손녀딸이 온다고 하니까, 바깥에 쌓인 눈을 가져다가 녹여서 그 물로 솥에다 밥을 안치셨어. 그런데 나는 어릴 때도 성격이 유별났거든. 말을 자기 기분 내키는 대로 했지. 그렇게 추운 겨울날에 할머니께서 흰쌀밥을

지어 밥상을 차려 주셨는데, 밥그릇에 보니까 머리카락이 있는 거야. 그걸 보자마자 '아악, 이거 머리카락! 아악, 나 밥 안 먹어!' 이렇게 악을 쓰면서 있는 힘껏 짜증을 부렸지. 그러니까 우리 할머니는 나를 달래시면서 '야야, 내가 눈이 잘 보이지 않아서 그렇단다. 이것만 치우면 아무렇지도 않으니, 어서 먹으렴, 먹으렴.' 그렇게 말씀하셨었는데…….")

모든 것이 꽁꽁 얼어버린 겨울날, 할머니의 할머니께서 하얀 눈을 녹여 지은 새하얀 곤밥 이야기.

그 동화 같은 이야기에 매료되어 상상의 나래를 펼치려던 것도 잠시, 할머니의 마지막 말씀은 나를 숙연하게 만들었다.

"나가 이제 할망 나이가 되어보난, 이제사 그때 우리 할망 심정을 알아지크라……."

혹시 할머니는 낮에 내가 설거지하는 모습을 보았던 것일까. 당신은 깨끗이 닦는다고 닦았는데도 미처 눈에 보이지 않았던 묵은 때를 손녀딸이 신경질적으로 벗겨 내는 모습에 속이 상했던 것일까.

젊은 시절에 비해 눈은 침침해졌지만, 나이가 들수록 더 잘 보이는 것도 있는 법이라고. 그런 이야기를 나에게 들려주고 싶어서 조용조용히 말을 꺼낸 것일까.

할머니를 모시고 양꼬치집에 다녀온 적이 있었다. 동네 여기

저기 맛집들을 찾아다니며 지금까지 드셔 보지 못한 새로운 음식들을 맛보여드리고 싶었던 것이다. 할머니가 맛있게 드시는 모습을 보며 스스로를 대견하게 여기기도 했다.

그러나, 그때의 내가 '보지 못한' 것이 있었다.

명절 연휴가 시작되기 전날, 혹은 연휴가 시작되는 첫날. 그 아무 때에 할머니 댁을 찾아가더라도 언제나 할머니는 김 모락모락 나는 쌀밥을 지어 놓고 날 맞이했다.

"배고프지 않으냐? 뭘 했으네 먹어야 될 껀고. 밥은 해 놔신디."

짐가방을 풀기도 전에 끼니 걱정부터 하는 할머니의 말끝을 자르고 나는 늘 나가자고 재촉했었다.

"아, 무슨 집에서 밥을 먹어. 그냥 나가서 먹게 할머니. 나가 맛 좋은 거 사주크라."

그렇게 우리가 명절마다 함께 먹었던 민물장어구이, 베트남 쌀국수, 양꼬치와 칭따오는 물론 맛있었지만, 체크카드를 긁으면서 나는 효녀가 된 기분에 잔뜩 취해 있었지만, 밥솥에 고스란히 남겨진 밥들은 다 어떻게 되었을까.

시끌벅적한 연휴가 끝나고 적막해진 저녁, 냉동실에 넣어 둔 밥 한 그릇을 꺼내는 할머니의 모습이 눈에 선하다. 구형 전자레인지의 버튼을 누르고, 허리춤에 손을 얹은 채 우두커니 서 있는 할머니의 뒷모습. 그렇게 한참을 기다렸겠지. 찰기와 윤기를 잃고 꽁꽁 얼어버린 밥알들이 다시 따뜻하게 데워질 때까지.

할머니로부터 '곤밥' 이야기를 듣고 난 후로 한동안은 그 옛 시절의 장면을 상상하느라 정신이 없었다. 내가 실제로 보지 못한 겨울날의 풍경이 자꾸만 머릿속에 맴돌았다.

소담스러운 함박눈이 내리는 날. 뽀드득뽀드득 눈길을 밟으며 할머니 댁을 찾아가는 소녀의 뒷모습. 자그마한 소녀의 발이 닿을 때마다 눈 위에 새겨지는 발자국. 구수한 밥 짓는 냄새와 함께 뽀얀 수증기 자욱하게 피어오르는 작은 초가집. 두 뺨이 빨갛게 얼어 있는 소녀에게 뜨듯한 아랫목을 내어 주고는, 얼른 상을 차려 오시는 할머니. 그리고, 밥공기 하나 가득 소담스럽게 담아진, 새하얀 쌀밥.

제주도는 화산지대 특성상 물이 아래로 빠져 논농사가 어려운 섬이다. 먹을 것을 조금이라도 아끼기 위해 밥 지을 때마다 그 양에서 한 숟갈씩을 따로 덜어 놓는 습관이 만들어지기도 했다. 보리밥이나 메조밥도 귀한데, 하물며 흰쌀밥은 얼마나 귀했겠는가.

단지 속에 한 숟갈 한 숟갈 모아 놓았던 귀한 쌀에 눈 녹인 물을 부어 곤밥을 지으셨을 할머니의 할머니. 그 마음을 생각하면 가슴 한 켠이 뜨끈해진다.

내가 열 살 때였을까, 할머니가 오빠와 내게 새 한복을 사 입히고 사진관에 데려간 적이 있다. 할머니도 고운 한복차림이었다. 그날 우리가 함께 찍은 사진은 액자에 담겨 지금까지도 할머니의 화장대에 놓여 있다. 최근에 알게 된 사실이지만, 그때는 할머니와 아버지가 크게 싸웠고 영영 인연을 끊자는 말까지 나왔던 시기라고 한다. 그래서 할머니는 사진을 찍어 둔 것이다. 손자 손녀 얼굴을 두 번 다시 볼 수 없게 될까 봐.

정작 할머니는 단 한 번도 내게 '보고 싶다'는 말을 한 적이 없다.

제주도행 비행기표를 예약했노라며 전화를 드릴 때마다,

"이번엘랑 오지 말주게. 돈 처 들이멍. 무시거하래 내려왐서?"

하고 퉁명스럽게 대꾸하던 할머니였다.

하지만 막상 현관문을 열고 얼굴을 마주하면 '아이고, 아이고, 키가 이자락 커부렀나' 호들갑 떨며 환한 얼굴로 나를 안아 주던 할머니.

두텁게 쌓인 눈 위로 눈 한 송이가 내려앉는 소리를 듣듯, 저 아득히 먼 곳에서부터 희미하게 들려오는 뽀드득뽀드득 눈 밟는 소리를 듣듯, 명절이 다가올 즈음이면 할머니는 벽에 걸린 '카렌다'의 날짜를 세어 보며 내가 올 날만 기다리고 있었을까. 무심하게 침대에 앉아 TV를 보면서도, 저 멀리 골목 초입에서 드르륵드르륵 캐리어 바퀴 끄는 소리가 들리지는 않는지, 가만히 가만히 귀 기울이고 있었을까. 그 옛날, 할머니의 할머니가 손녀딸을 기다렸던 것처럼, 밥솥 하나 가득 새하얀 쌀밥 지어 놓고서.

겨울 들판을 뒤덮은 새하얀 눈은 두 손을 시리게 하지만, 눈처럼 새하얀 쌀밥은 따뜻하고 푸근하기 그지없다. 할머니는 당신의 아들에게 차려 준 적 없는 밥상을 손녀딸인 나에게만은 셀 수 없을 만큼 여러 번 차려 주었다.

이제 할머니의 등은 점점 굽어서, 나는 몇 년째 같은 키면서도 계속 키가 크는 기분이다. 동네 목욕탕에 갈 적마다 아줌마들이 모여들어 찬사를 늘어 놓을 만큼 뽀얗고 맨들맨들했던 할머니의 피부는 이제 푸석하게 말라 가고 있다. 몇 주마다 한 번씩 꼬박꼬박 해 왔던 '셀프 염색'을 그만둔 후로, 할머니의 머리칼에는 하얀 서리가 내려앉았다.

그런 할머니의 모습을 아무리 꼼꼼히 들여다보아도 내가 아직 보지 못하는 무언가가 있다. 아흔에 가까워진 할머니 눈에 보이는 것들이 무엇인지, 나는 백발 성성한 할머니가 된 후에야 겨우 알게 될 것이다. 이미 우리 할머니는 이 세상에 없을, 어쩌면 나에게도 말괄량이 손녀가 하나 생겼을지 모를, 그런 오랜 시간이 지난 후에야. 그때 내 옆에 손녀가 있다면 나도 무심한 듯 입을 열어 말하게 되리라.

"나가 막 어릴 때이, 우리 할망 집에 놀러 가 나신디……"

제주에서 누가 먼저 흰쌀밥을 '곤밥'이라 부르기 시작했을까.

처음엔, 명절이나 제삿날이 되어야만 구경할 수 있는 흰쌀밥이 너무나 귀하고 아름답게 보여 붙은 이름이라고 생각했다. 굶

주린 배를 움켜쥐고 하루하루를 버텨야 했던 사람들이, 곱디고왔던 흰쌀밥을 그리며 부르던 이름일 것이라고.

그런데 지금은, 쌀알 하나하나가 촉촉하게 빛나는 흰쌀밥의 아름다움보다, 그 귀한 쌀을 씻어 솥에 안치던 사람들의 마음이 얼마나 아름다운지를 생각해 보게 된다. 어려웠던 시절 저 혼자 먹으려고 곤밥을 짓는 사람은 없었을 것이다. 자신은 줄곧 댕글댕글한 보리쌀로 끼니를 때웠을지라도, 집에 찾아오는 손님을 위해 단지 속 얼마 남지 않은 흰쌀을 꺼내어 밥을 짓는 마음. 그 마음이 참 푸근하고 따뜻하다.

그 마음이 참, 곱다.

콩잎

이모랑 나랑 콩밭 그늘에 숨어 앉아

무더운 여름, 불 앞에 서서 요리할 엄두도 나지 않고 입맛도 기력도 없어 축 늘어지는 날이면 콩잎이 생각난다. 정확히는 콩잎에 돋아난 솜털. 손바닥에 올리면 간질간질하던, 혀에 닿으면 꺼끌꺼끌하기도 하던, 무어라 말로 표현하기 힘든 콩잎 표면의 감촉이 생생하게 되살아나, 반사적으로 입안에는 침이 고인다. 그리고 떠오르는 푸르른 빛깔.

눈 부신 햇살이 쏟아지는 날이었다. 나보다 두어 발짝 앞에 선 이모가 낭랑한 목소리로 노래를 부르기 시작했다.

"그대여 이렇게 바람이 서글피 부는 날에는, 그대여 이렇게 무화과가 익어 가는 날에도"

주변은 온통 푸른 콩잎이었다. 그 간지럽고도 보드라운 잎사귀를 한 장씩 똑똑 따면서 이모의 노래를 들었다.

"너랑 나랑 둘이서 무화과 그늘에 숨어 앉아 지난날을 생각하며 이야기하고 싶구나."

콩밭에 자라난 줄기들의 키가 내 허리쯤 되었을까, 가슴팍쯤 되었을까. 어찌 되었든 손의 크기가 콩잎보다 작았을 정도로 어린아이였던 시절, 바람결이 푸릇한 이파리들을 흔들고 지나가던 그 순간에 들었던 노래 한 가락과 이모의 뒷모습은 지금도 선명한 기억으로 남아 있다.

우리가 선 곳이 널따란 콩밭이었는지, 초가집과 면한 자그마한 '우영팟[5]'이었는지는 모르겠다. 외할머니 댁은 제주시에서 멀어 자주 찾아뵐 수 없는 곳이었다. 콩잎을 따는 일도 낯설었다. 아마 내 인생 첫 밭일이었을 게다. 흥 많은 셋째 이모는 시원한 노랫가락을 뽑아내며 부지런히 손을 놀렸고, 나도 덩달아 신이 나서 콩잎 따기에 열중했다. 두 손이 풍성해지고서야 우리는 마당에 들어섰다. 외할머니와 엄마는 양은 밥상에 고봉밥과 수저를 올려놓는 중이었다. 나는 의기양양하게 엄마에게 콩잎다발을 내밀었다. 엄마를 바라보는 눈빛이 칭찬받고 싶은 강아지처럼

5 집 주위에 있는 작은 텃밭을 뜻하는 제주어.

초롱초롱 빛나고 있진 않았을까. 그런데 엄마와 외할머니는 웃음을 터뜨렸다.

"콩잎 따 오랭 하난 꽃다발을 만들어신게."

이파리를 한 장 한 장 따서 줄기를 가지런히 정리해 놓은 콩잎이 엄마와 외할머니 눈에는 도무지 '쌈거리'로는 보이지 않았던 모양이다.

제주 어른들은 콩잎을 하나씩 낱장으로 따지 않고 줄기째 듬성듬성 딴다. 무심하게 따 놓은 것 같아도 줄기마다 잎사귀가 딱 세 장씩이다. 깻잎보다 자그마한 크기이기 때문에 손바닥에 콩잎 세 장을 펼쳐 놓고 밥 한술을 올려 쌈을 싸 먹는다. 거기에 빠지지 않는 것이 멜젓[6]이나 자리젓. 굵직굵직한 멸치를 쿰쿰한 냄새 나도록 삭힌 젓갈에 고춧가루 좀 넣고 마늘과 풋고추를 썰어 넣은 것을 우리 집은 주로 먹었다. 아빠는 밥 한술 큼직하게 떠 넣고 멸치도 한 마리씩 올려 푸짐하게 쌈을 사서 우적우적 씹어 먹곤 했다. 싱싱한 콩잎 한 소쿠리가 밥상에 올라오는 날에는 멜젓 말고 별다른 찬이 필요하지 않았다, 라고 적고 싶지만 사실 어릴 때는 콩잎의 맛을 제대로 몰랐던 것 같다. 한 번에 콩잎 세 장씩 해치우는 가족들 틈에서 나는 작은 콩잎 한 장에 밥 반 숟가락 올

6 멸치로 담근 젓갈.

리고 멜젓 국물 찔끔 흘려 넣어 싸 먹는 게 고작이었다.

그러나 입맛이란 참 신비롭기도 하다. 오래전 여름에는 내가 딴 콩잎을 보고 엄마가 왜 웃는지 영문을 알 수 없었고, 콩잎을 특별한 식재료로 여겨 본 적도 없지만, 육지살이를 시작한 후 여름마다 가장 간절히 당기는 음식이 바로 콩잎쌈이었다. 생 콩잎을 쌈거리로 먹는 지역은 아직 제주 말고는 보지 못했다. 콩잎으로 담근 김치나 장아찌는 종종 보았으나 내가 먹고 싶은 것은 오로지 푸릇한 생 콩잎, 혓바닥보다 손바닥으로 먼저 맛을 느끼는 콩잎이다. 손바닥에 얹으면 복숭아처럼 보송보송한 솜털이 느껴져 금방이라도 웃음이 터질 것만 같던 푸른 콩잎쌈.

입맛이 없는 날일수록 콩잎에 대한 욕구는 더 강렬해진다. 뜨겁게 달궈진 아스팔트 위를 걸으며 생각한다. 사무실 책상에 앉아 에어컨 바람을 맞으면서도 생각한다. 먹고 싶다. 콩잎을 먹고 싶다. 풋내 나는 콩잎에 뜨거운 밥 한술 얹고 찐한 멜젓 국물 끼얹어 복스럽게 싸서 입안 가득 오물오물 먹고 싶다. 청양고추와 마늘을 듬뿍 넣은 멜젓에 혀가 얼얼해지면 물외냉국 한 숟갈을 떠먹고 싶다. 된장을 풀어서 만든 냉국에 각얼음 대여섯 개 동동 띄워서 뱃속이 서늘해질 때까지 후룩후룩 마시고 싶다. 그렇게 매운 기를 달래고 또다시 콩잎쌈을…….

내 손은 이제 큼지막해서 콩잎 세 장을 펼칠 수도 있고, 멜젓에 들어간 멸치도 으적으적 씹어 먹을 수 있는데, 내 마지막 기억은 여전히 콩잎 한 장에 멜젓 국물 찔끔 끼얹은 쌈이다. 매년 여름이 다가오면 엄마에게 전화를 걸어 "이번 여름에는 콩잎 먹으러 내려갈게!"라고 말하지만, 막상 짬을 내어 제주를 찾기란 쉽지 않았다. 일이 바쁘다는 핑계로 내려가지 못한 것이 죄송하고 머쓱해 또 전화를 걸어 "아직 콩잎 나오나?" 물어보면 "이제 콩잎 철은 지났지"라는 엄마의 대답. 마트에서 깻잎과 갈치속젓을 사다 자취방에서 혼자 입을 쩍 벌려 쌈을 싸 먹으며 육지에서의 여름을 보냈다.

잠깐 사이에 콩잎 철은 지나고, 또 눈 감았다 뜨면 올여름도 끝일 것이다. 김지애의 〈몰래한 사랑〉을 부르는 이모 옆에서 콩잎을 따던 그날 이후로 얼마나 많은 계절이 지났던가. 그러고 보면 몇 년에 한 번 얼굴을 볼까 말까 한 손녀의 손등을 애틋하게 어루만지던 외할머니 손바닥이 꼭 억센 콩잎처럼 거칠했던 것도 같은데. 콩알들을 조르르 품고 있던 콩깍지가 마르고 시드는 것처럼, 그 여름날의 콩밭도 외할머니의 초가집도 모두 사라져버렸다. 서귀포시 대정읍 영락리, 나의 외갓집. 엄마가 어렸을 때는 무화과나무도 복숭아나무도 자라고 있었다는 자그마한 초가집. 부모님과 외할머니 산소에 다녀올 때면 아버지 차가 그 근처를 지난다. 나는 집터의 위치도 제대로 가늠하지 못하면서 괜스레 차창 밖을 두리번거린다. 엄마와 함께 한집에 올망졸망 모여 자랐을 이모들은 이제 콩알 같은 손주들을 품은 할머니가 되었고, 우리가 다시 만날 기회는 점점 줄기만 한다. 그래도, 내 기억 속에는 한들한들 춤추는 콩잎들 사이에서 노래하던 이모의 젊고 고왔던 얼굴이 아직 생생하다. 이제는 되돌릴 수 없는 풍경이지만 그대여, 이렇게 햇살이 뜨거워지는 날에는 그대여, 이렇게 초록 잎이 무성해지는 날에는, 이모와 엄마 외할머니 모두 콩밭 그늘에 숨어 앉아, 지난날을 생각하며 이야기하고 싶구나!

엄마의 작은 섬, 부억

불씨가 꺼지지 않는 그곳의 이야기

제주에는 무수히 많은 설화가 존재한다. 그중 대표적인 것이 '설문대 할망' 이야기다. 설문대 할망은 몸집이 아주 큰 거인이라서, 한라산을 베개 삼아 누우면 다리가 서귀포 남쪽 범섬까지 닿았다고 한다. 이 설문대 할망은 제주도를 창조한 신이나 다름없다. 그녀가 치마폭으로 흙을 날라다 만든 것이 한라산이요, 치맛자락에서 흘러내린 흙들이 제주의 수많은 오름이 되었기 때문이다. 제주에서 태어난 아이라면 자라면서 한 번쯤은 접하는 이야기다.

하지만 어린 시절의 나는 엉뚱하게도, 설문대 할망을 상상할 때마다 『어린 왕자』 속 한 장면을 떠올리곤 했다. 작은 행성, 작은 화산, 세 개의 분화구를 꼼꼼히 청소하고 활화산의 분화구에서 아침 식사를 데우는 작은 어린 왕자. 그 모습에서 한라산 분화구를 관리하는 설문대 할망이 연상된 것이다. 나의 상상 속 한라산은 휴화산이 아니라 활화산이다. 마른 장작을 넣어 태우는 아궁이처럼, 빨갛게 달궈진 알숯이 담긴 화로처럼, 무언가를 데우고 끓일 수 있는 불꽃이 남아 있는 활화산. 아니나 다를까, 설문대 할망이 백록담에 커다란 가마솥을 걸고 오백 명의 아들들에게 먹일 죽을 쑤었다는 이야기도 존재한다.

나는 불을 다스려 음식을 만드는 어떤 여인의 뒷모습을 보며 자랐다. 부엌의 가스레인지는 두 개의 분화구였다. 여인은 자신에게 주어진 불꽃 위에 큰 솥을 올려놓고 자식들을 위한 죽을 쑤었다. 부엌의 불씨는 매일 반복해서 타올랐다. 무언가를 데치고 끓이고 삶고 고아대느라 여인은 쉴 틈이 없었다. 나는 여인의 분화구에서 만들어진 찌개와 나물과 국과 고기를 받아먹으며 쑥쑥 자랐다. 여인은 키가 쪼끌락[7] 했지만, 부엌에 서 있을 때면 설문대 할망처럼 거대해 보였다. 나에게 숨결을 불어넣고 나의 뼈와 살을 만든 나의 창조주. 나의 여신. 그녀는 나의 어머니였다.

무더운 복날, 토종닭 두 마리가 담긴 커다란 솥이 푹푹 끓었다. 엄마는 토종닭 한 마리를 꺼내 아직 한 김 식지도 않은 것을 손

7 '쪼끌락하다'는 '작다', '조그맣다'는 뜻의 제주어다.

으로 덥석 잡았다. 그 뜨거운 걸 맨손으로 만지면서 우리 먹기 편하라고 살을 쭉쭉 찢었다. 찬물에 손끝을 담가 가면서 열기를 식혀 보아도 닭을 모두 찢을 즈음이면 엄마의 열 손가락은 벌겋게 달아올랐다. 집에 선풍기는 한 대였고, 그 바람은 엄마에게까지 닿지 않았다. 오빠와 내가 소금에 쿡쿡 찍어가며 닭고기를 씹는 동안 엄마의 이마에선 땀 한 줄기가 흘러내렸다. 아빠와 오빠와 나의 앞으로 닭 뼈가 수북이 쌓여 갈 때, 엄마는 또 뒤돌아 불 앞에 서서 닭 국물에 쌀을 붓고 휘휘 솥 바닥을 저어가며 죽을 쑤었다.

새해 첫날이면 엄마는 떡국을 끓였다. 소고기를 달달 볶아 국물을 내고 떡을 넣어 한 솥 가득 끓여 놓은 떡국. 엄마가 마지막 간을 보고 가스레인지 불을 끄고 나면, 나는 얌전히 쟁반을 꺼내 다음 과정을 기다렸다. 엄마가 국자로 떡국을 뜨는 순서도 늘 정해져 있었다. 가장 처음에 뜬, 양이 제일 많은 대접은 아빠 것. 그 다음은 오빠 것과 내 것. 엄마 몫은 늘 마지막이었다. 내가 네 개의 대접이 올려진 쟁반을 받쳐 들고 있으면 엄마는 대접마다 깨를 조금씩 뿌렸다. 순후추도 대접마다 톡톡톡. 그리고 갓 구운 김을 부숴 넣었다. 새로운 기분으로 맞이하는 겨울 아침. 보일러를 때지 않는 부엌 바닥은 차디찼지만, 떡국을 끓이느라 부엌 창문에는 뽀얗게 김이 서렸다. 고요한 부엌에서 나는 숨을 죽인 채 김 부서지는 소리에 귀를 기울였다. 김을 부수기 위해 양손을 비비는 엄마의 손동작은 상서로운 기운을 불어넣는 하나의 의식 같았다.

제주의 설화 중 또 하나, '자청비' 이야기가 있다. 자청비는 사랑과 농경의 신이다. 자청비가 하늘에서 오곡의 씨를 받아 올 때, 오곡 중 한 가지를 빠뜨린 것을 알게 되어 다시 서둘러 받아 온 씨앗이 메밀이라고 한다. 메밀은 조악한 땅에서도 잘 자라고, 파종이 늦어져도 다른 작물과 비슷한 시기에 수확이 가능하다. 척박한 제주의 토양을 밭으로 일구고 씨앗을 뿌려 곡식을 거두게 되기까지, 도민들의 길고도 험난한 삶 속에는 자청비의 이야기가 고스란히 녹아 있다.

제주에는 유독 여신을 주인공으로 내세운 설화가 많다. 입에서 입으로 전해 내려온 이야기 속 여신들은 하나같이 억세고 다부지면서도, 따스한 마음씨를 지녔다. 내가 태어나고 자라는 동안 경험한 제주는 분명 가부장적인 정서가 만연한 곳이었다. 하지만 제주의 여인들은 남자들 앞에서도 기죽지 않을 만큼 당당했고, 가족의 생계를 책임질 정도로 억척스러웠다.

일 년에 한두 번 있는 돗추렴[8]이 마을 사내들의 떠들썩한 제의라면, 매일 하루 세끼를 만드는 일은 어미들이 감당해야 할 소리 없는 희생이자 고행이었다. 엄마는 집안의 며느리이자 한 남편의

8 마을 사람이나 친척끼리 돈을 모아 돼지 한 마리를 잡는 것을 말한다. 주로 명절을 앞두고 제수를 마련해야 할 때 돗추렴을 해서 집마다 고기를 나눠 가진다.

아내이자 두 아이의 어미로서 부엌일을 관장했다.

제주시에서 맞벌이를 하면서도, 훗날 서귀포에서 아빠와 함께 과수원 일을 시작하고 나서도, 엄마는 부엌을 떠나지 못했다. 초등학생 시절 학교를 마치고 집에 가면 부엌에서 나를 반기는 건 보리차가 담긴 노란색 양은 주전자였다. 전기밥솥에는 쌀밥이 가득했고, 언제든지 냉장고를 열면 두세 가지 밑반찬을 꺼내 먹을 수 있었다.

계절마다 나물을 꺾고 캐고 삶고 말리고 절이는 것도 엄마의 일이었다. 엄마는 제주의 봄 여름 가을 겨울을 훤히 꿰고 있다. 섬 전체가 엄마에겐 수확할 거리 가득한 밭이고 손질할 거리 수북한 도마인 셈이다. 내가 제주를 떠나온 후 엄마는 더 바빠졌다. 찬장에는 말린 고사리, 말린 표고버섯, 양하 장아찌, 무말랭이, 매실청이 그득그득 쌓여 갔다. 딸이 오면 먹이려고 냉장고 야채 칸에는 나스미깡[9]이며 참다래를 숨겨 놓았고, 톳과 물미역을 커다란 봉지에 꽁꽁 싸매서 냉동실에 몇 덩이씩이나 얼려 놓았다. 봄날 어느 때에 어느 산기슭에서 고사리를 꺾어 오는지, 나는 잘 알지 못한다. 고구마는 쪄 먹을 줄 알아도 고구마 줄거리가 어느 계절에 뻗어 나오는지 어떻게 껍질을 벗기는지는 깜깜이다. 마늘 밭이 있는 영락리가 엄마의 고향이지만, 나는 단 한 번도 마늘을

9 '하귤'을 뜻하는 일본어이나, 제주 사람들은 하귤이라는 단어보다 나스미깡이라는 단어를 더 흔히 쓴다.

캐거나 풋마늘대를 뽑아 본 적이 없다. 그러면서도 엄마가 담가 주는 마농지[10]는 야물야물 잘도 먹으며 자랐다.

제주의 바닷바람처럼 거센 시련들이 수차례 우리 집을 휩쓸고 지나갔어도 밥상만은 따뜻했던 건, 엄마의 지혜와 부지런함 덕분이었다. 분화구 같은 가스레인지 놓인 부엌에서 엄마는 오늘도 요리를 한다. 멜을 볶고 갈치를 굽고 호박잎국을 끓인다. 쪼끌락한 어미의 뒷모습에서 언뜻, 거대한 여신의 아우라가 비친다.

아, 부엌 한 칸이 곧 하나의 섬이로구나. 사계절 내내 불씨가 꺼지지 않는 섬. 저 강인한 여신이 긴긴 세월 홀로 지켜 온, 무수히 많은 이야기가 서린, 작고도 커다란 섬.

10 '마농'은 마늘의 제주어다. '마농지'라고 하면 주로 풋마늘대로 담근 장아찌를 의미한다.

보슬보슬 내리던 봄비가 그친 오후, 딸기를 사기 위해 길을 나섰습니다. 지하철역 인근에 세워진 트럭에서 딸기를 싸게 팔고 있었거든요. 알이 좀 잘았지만 무르지 않고 빨갛게 잘 익은 딸기가 한 소쿠리에 삼천 원이었어요. 며칠 전 역을 지나다 그 트럭을 처음 발견한 후로 내내 머릿속에서 잊히질 않아 결국 오늘 사게 된 거예요.

길을 걷다가도, 장을 보다가도, 딸기만 보이면 가격을 확인하는 건 저의 오랜 습관이에요. 언제부터인가 사람들은 겨울이 되면 '딸기가 제철'이라고 하더군요. 빵집에서는 생딸기를 듬뿍 얹은 케이크를 팔고, 호텔에서는 화려한 디저트가 가득한 딸기 뷔페를 열고, 카페에서는 딸기가 들어간 각양각색의 음료를 출시해요. 정말 이상했어요. 저에게 딸기는 봄의 과일, 그것도 아주 늦봄에야 맛볼 수 있는 과일이었으니까요.

동네 어귀에 과일 트럭이 들어서면 엄마는 알맹이가 물러진 것이 조금 섞여 있는 딸기 한 '다라이'를 싼값에 사 오셨어요. 그 많은 딸기를 씻고 손으로 주물러 으깨고 설탕에 버무려 꽁꽁 얼려 두면 초여름까지도 쭉 맛볼 수 있는 소중한 간식이 되었죠. 으깬 딸기에 우유를 부으면 상큼한 건더기가 씹히는 딸기우유가 되었고, 냄비에서 한참을 졸이면 더 오래 두고 먹을 수 있는 딸기잼이 되었어요.

어린 시절 제가 딸기를 먹는 풍경 속에는 늘 따스한 햇볕이 함께했어요. 찬 바람 쌩쌩 부는 한겨울에 만나는 딸기는, 특히나 만 원이 넘는 가격표를 달고서 스티로폼 상자 안에 줄지어 담겨 있는 딸기는, 어쩐지 진짜 딸기가 아닌 것 같아요. 저는 겨우내 딸기를 한 번도 사 먹지 않고 버텼어요. 가격이 부담스러운 탓도 있었지만, 그것보다는 일종의 반발심이었죠. 만사천 원, 만이천 원, 구천팔백 원, ……. 마트에서 딸기를 볼 때마다 내려간 가격을 확인하는 것으로 나의 봄이 다가오고 있음을, 내가 알고 있는 진짜 딸기를 먹을 시기가 가까워지고 있음을 가늠했어요.

그러니까, 플라스틱 접시에 소복이 담겨 있는 딸기가 삼천 원이라는 것은 반가운 신호였어요. '이제부터가 진짜 딸기의 계절이야!'라고 알려 주는 것 같았죠.

딸기 육천 원어치는 마트를 두고 굳이 멀리 걸어간 것이 아깝지 않을 정도로 양이 많았어요. 집에 오자마자 딸기 한 알을 대충 물에 헹궈 입에 넣었습니다. 딸기 과육이 부드럽게 씹히면서 새콤달콤한 맛이 퍼져 나올 때, 아 맞구나, 진짜 봄이구나 싶었어요.

그리고 문득, 엄마에게도 이 봄을 선물해 주고 싶다는 생각이 들었답니다.

가수 세정이 부른 곡 중에 <꽃길>이라는 노래가 있어요. 멜로디도 아름답지만 엄마에게 말을 거는 듯한 가사가 어찌나 마음에 와닿던지.

세상이란 게 제법 춥네요 당신의 안에서 살던 때보다
모자람 없이 주신 사랑이 과분하다 느낄 때쯤 난
어른이 됐죠

<꽃길> 뮤직비디오에는 화면을 2분할해서 과거와 현재의 모습을 동시에 보여 주는 장면이 여러 번 등장해요. 과거의 어린 소녀는 누군가가 다가와 이불을 덮어 주었지만, 현재의 나는 스스로 이불을 덮어 잠자리에 들어야 하죠. 과거에는 앙증맞은 운동화의 끈을 묶어 주는 누군가의 손길이 있었지만, 현재의 나는

스스로 운동화 매듭을 질끈 묶어야 하고요. 현재의 나는 토스터에 식빵을 구워 커피 한 잔과 함께 아침을 시작하지만, 과거에는 토스트 옆에 늘 딸기잼이 세트로 붙어 다녔어요. 그 모든 것에는 '엄마'라는 존재의 손길이 닿아 있었다는 걸 왜 예전엔 미처 몰랐을까요.

엄마가 그랬던 것처럼, 딸기를 맨손으로 주물러 으깨고 있어요. 손가락 사이사이에서 상큼한 향기가 터져 나오는 게 느껴져요. 익숙하면서도 그리운 향기. 엄마가 딸기잼을 만들던 날에도 집 안에 딸기향이 가득했었지요. 김치라도 담그는 것처럼 커다란 고무 다라이를 부엌 바닥에 내려 놓고서는 그 속으로 빨려 들어갈 듯 등을 굽히고 딸기를 주무르던 엄마의 뒷모습이 아직도 눈에 선해요. 그때는 엄마를 도와줘야겠다는 생각조차 하지 못했어요. 부엌 입구쯤에 서서 엄마의 뒷모습을 멍하니 바라보다가, 집 밖으로 나와 동네 친구들과 얼음땡이나 무궁화꽃이 피었습니다를 하며 실컷 땀을 흘리고 해 질 무렵에야 집으로 돌아오곤 했지요. 그쯤이면 또 다른 향기가 나를 반겼어요. 커다란 솥에서 딸기와 설탕이 졸여지던 냄새. 그 많은 딸기가 단 몇 병의 잼이 될 때까지 졸이려면 얼마나 긴 시간을 불 앞에 서서 주걱으로 솥바닥을 저어야 하는지, 그때는 짐작도 할 수 없었죠.

세정은 <프로듀스 101>이라는 프로그램을 통해서 데뷔했어요. 씩씩하면서도 속이 깊고 늘상 밝은 미소를 짓고 있어 많은 사람에게 사랑을 받았지요. 그 세정이라는 친구가 프로그램에서 남긴 유행어가 바로 '꽃길만 걷게 해 줄게요'였어요. 이제 갓 스무 살을 넘겼을 어린 친구가 TV에 나와 엄마에게 꽃길만 걷자는 약속을 하는데, 그 순간 얼마나 가슴이 저릿하던지요.

저도 어릴 적부터 엄마에게 그런 약속을 남발했었지요. 돈방석에 앉게 해 줄게, 금방석에 앉게 해 줄게, 이런 농담을 말버릇처럼 했었고요. 좀 더 커서는 크루즈 여행을 시켜 주겠다, 그리스 섬에 가서 놀다 오자, 이런 약속도 했었어요. 그땐 그 말이 모두 진심이었는데. 진분홍색 매니큐어를 바르던 엄마의 손끝이 거칠어지고 손등에 검버섯이 피어나는 동안, 저는 꾸역꾸역 나이만 먹을 뿐 아무런 약속도 지키지 못했어요. 그런데 TV 속 세정이란 친구는 분명 그 약속을 지킬 수 있을 것 같았죠. 저와는 다르게 말이에요.

딸기가 뭉근하게 졸여지면서 피어나는 익숙한 향기가 이제 저의 작은 부엌에서도 피어오르고 있어요. 잼이 살짝 묽은 정도로, 루비처럼 빨간 기운이 아직 남아 있을 때 이만 불을 끄려고 해요.

엄마의 딸기잼은 늘 거무튀튀하고 농도가 되직했지요. 그건 어쩔 수 없는 선택이었을 거예요. 우리에게 딸기는 로망이 아니라 생계형 간식이었을 테니까요. 딸기의 그 싱그러움을 즐기기보다는 최대한 오래 두고 먹을 수 있도록 졸이고 얼리는 것만이 엄마가 할 수 있는 최선이었을 거예요. 어쩌면 그것마저 쉽지 않았겠죠. 예나 지금이나 딸기는 그리 저렴한 과일이 아니니까요. 어린 저의 손을 잡고서 시장을 다닐 적에, 과일가게 앞에서만 딸아이의 발걸음이 유독 느려지는 것을 엄마가 어찌 몰랐겠어요. 애써 모르는 척 손목을 잡아끌면서, 빨리 딸기가 끝물이 되기만을 기다리셨겠죠. 지금의 제가 그렇듯이 과일가게를 지날 때마다 딸기의 가격을 물으면서 한숨 쉬고 돌아선 날들이 몇 번이나 있었을지도 몰라요. 그리고 어느 늦봄, 마을 입구에 딸기를 실은 트럭이 찾아오면 반가운 마음으로 달려나가셨을 거예요.

봄이 아닌 겨울에 딸기가 등장하게 된 것은 노지 딸기보다 하우스 딸기가 더 재배가 잘 되어서라던가요. 저는 온실 속의 화초처럼 자란 타입은 아니라서 저 자신이 '하우스'보다 '노지' 이미지에 가깝다고 생각했었지만, 그건 딱 스무 살까지의 착각이었어요. 그동안 차가운 비를 대신 맞아 주고 거센 바람으로부터 날 지켜준 '엄마'라는 이름의 하우스가 있었음을 이십 대가 되어서야 알게 된 거죠. 하우스 밖 춥고 막막한 세상에서의 홀로살이를 어찌어찌 견뎌내다 보니 어느새 삼십 대가 되어버렸네요. 이젠 제가 엄마를 지키는 든든한 하우스가 되어 드리고 싶은데, 저는 아직도 너무나 부족한 딸이에요.

한밤중이 되어서야 토스트와 딸기잼, 딸기우유를 식탁에 차려 놓고 자리에 앉았습니다. 딸기우유는 엄마가 해 주셨던 것처럼 으깬 딸기에 설탕을 섞고 우유를 부어 만들었어요. 거기에 인터넷에서 본 카페 메뉴를 흉내 내 예쁘게 썬 딸기까지 추가로 얹어 봤는데, 아무리 정성껏 만들어도 예전 엄마의 그 맛은 나질 않네요. 다행스럽게도 잼은 딱 두 병 분량이 나왔어요. 잼이 상하기 전에 엄마에게 한 병 갖다 드릴 수 있으면 좋겠어요. 늘 대용량 잼만 만들던 엄마는 이 작은 병을 보고 웃으실 것 같지만요.

봄기운이 완연해지면 우리가 같이 벚꽃길 아래를 걸을 시간이 있을까요? 같이 화사하게 꽃 핀 거리를 걸으며 분홍빛 딸기음료도 사 먹고 싶어요. 그럼 엄마는 깜짝 놀라시겠죠. 퉁명스럽게 말씀하실 거예요. 뭘 이런 걸 비싼 돈 주고 사 먹느냐면서요. 사실 저도 그랬어요. 몇 년 전 인스타그램을 통해서 수제 딸기우유 사진을 처음 보았을 때, 요즘 카페에서 인기 있는 메뉴라면서 너도나도 인증샷을 올리는 모습에 충격을 받았죠. 그제야 알았어요. 제가 가진 딸기에 대한 추억이 누구나 갖고 있는 향수는 아니라는 것을요.

비록 우리 모녀는 나란히 카페에 앉아 음료와 디저트를 맛보며 이야기를 나누는 일상조차 허락되지 않는 팍팍한 삶을 살아왔지만, 그래도 엄마는 저에게 그 무엇으로도 바꿀 수 없는 소중한 선물을 안겨 주셨어요. 제가 받은 것들을 이제부터라도 하나씩 엄마에게 돌려 드릴게요.

레드카펫을 깔듯이 식빵 위에 붉은 잼을 펴 바르며, 다시 한 번 다짐해 봅니다.

겨울이 와도 마음속에 봄 향기가 가득한 건
한결같이 시들지 않는 사랑 때문이죠
(…)
여길 봐 행복만 남았으니까 다 내려놓고 이 손 잡아요
꽃길만 걷게 해 줄게요

앞으로 엄마 인생에 화사한 봄 같은 날들만 계속되기를.
엄마, 봄길만 걷게 해 드릴게요.

자취
自炊

혼자여도 혼자가 아니었던 시간

스스로 '자', 불을 때다 '취'

: 내 손으로 직접 밥을 짓는 나날

타지에서의 첫 식사

바다를 반쯤 건넌 기분으로

대학교 입학식을 며칠 앞둔 2월 말. 나는 무미건조한 디자인의 기숙사에서 혼자 짐을 풀었다. 아직 룸메이트가 도착하지 않아 썰렁하고 적막했던 방. 무사히 도착한 것에 대한 안도의 한숨을 내쉬면서 침대에 걸터앉았더니 찔끔 눈물이 흘러나왔다. 불과 몇 시간 전, 제주 공항에서도 이미 한 차례 눈물을 쏟았었다. 비행기 안에선 지켜볼 가족이 없으니 아예 대놓고 펑펑 울었다. 하지만 청주 공항에 내리는 순간부턴 슬퍼할 틈도 없었다. 청주 공항에서 터미널까지, 시외버스를 타고 대전역까지, 거기서 또 기숙사까지. 행여 길을 잃을까 싶어 긴장의 연속이었다.

무사히 잘 도착했다는 전화를 엄마에게 해야 하는데 그러자니 또 눈물이 쏟아질 것 같았다. 연락은 잠시 미뤄 두고 정문 앞 분식집으로 갔다. 테이블에 앉아 혼자 먹는 것은 도무지 엄두가 나질 않아 떡볶이 1인분을 포장해 왔다. 비닐 팩에 꽁꽁 묶인 채로 스티로폼 그릇에 담긴 떡볶이. 스티로폼이 보온재 역할을 해서 떡볶이는 쉬이 식지 않고 훈김이 모락모락 피어났다. 차라리 김밥이나 한 줄 사 올 걸 하는 후회를 했다. 김밥이라면 후다닥 먹고 치워버릴 수 있었을 텐데. 기숙사 안은 조용해서 비닐 소리조차 바스락바스락 요란하게 느껴지고, 떡볶이 한 그릇을 비우기까지의 시간이 참 길기도 했다. 책상에 앉아 아직 아무 책도 꽂히지 않은 텅 빈 책꽂이를 바라보며 떡과 어묵을 우물우물 씹었다. 떡볶이가, 흔하디흔한 음식인 떡볶이가, 낯설었다.

타지에 대한 설렘과 두려움이 교차하는 공간 안에서 홀로 음식을 마주한 여자가 또 한 명 있다. 영화 〈브루클린〉의 주인공 '에일리스'의 이야기다. 고향 아일랜드를 떠나 대도시로 향하는 배. 식당칸 직원은 에일리스 앞에 양고기 스튜를 내려놓는다. 아일랜드에서 흔히 먹는 스튜이지만 무언가 양념이 낯설었던 걸까, 아니면 뱃멀미가 심해서였을까, 에일리스는 흔들리는 배에서의 첫 식사를 모조리 게워내고 만다. 고향에 가족을 두고 바다 건너 타지에서 홀로살이를 시작하는 그녀의 모습이 어찌나 스무 살의 나를 보는 것 같이 반갑던지. 그 고향이 아일랜드(Ireland)건 아일랜드(Island)건, 정말 비슷하지 않은가!

브루클린에 도착한 에일리스가 하숙집에서 지내는 모습도 흥미롭다. 하숙집 사람들과 첫 식사를 하는 그녀의 모습은 어딘가 불편하고 어색해 보인다. 나는 1학년 2학기에 기숙사를 나와 하숙을 했었다. 주인 아주머니의 얼굴은 잊었는데 지금도 기억나는 것이 하숙집 부엌 냄새다. 아주머니 고향이 충청도라 그랬는지 저녁마다 식탁에서 바글바글 청국장이 끓었다. 제주도에서는 먹어 본 적이 없는 청국장이었다. 구수한 향기를 강렬하게 뿜어대는 찐한 청국장이 내 입에는 잘 맞지 않았다. 현관에 들어서자마자 코를 찌르는 청국장 냄새는 여기가 타지임을 실감하게 해 주었다.

하지만 에일리스가 사람들과 어울리며 서서히 뉴욕 생활에 적응해 가듯, 나도 마음 맞는 친구들을 사귀면서 대학 생활에 적응해 나갔다. 텅 비어 있던 책꽂이는 '식품영양학', '식품위생학', '조리과학', '한식조리', 'Bakery&Pastry' 따위의 교재로 꽉 채워졌다. 친구들과 함께 찾아가는 학교 주변 분식집은 네댓 군데가 되었고, 어느 집 떡이 굵은지, 어느 집 양념이 매콤한지, 어느 집 사장님 인심이 제일 후한지 파악해 그때그때 상황 따라 골라가며 찾아갈 수 있게 되었다. 특히, '프리마'를 넣었다는 소문이 무성했던 교차로 앞 분식집 떡볶이는 들척지근하고 느끼한 맛에 이게

뭐야 싶으면서도 며칠에 한 번씩은 다시 찾아가고 싶어지는 중독성으로 우리의 마음을 사로잡았다. 그러다 보니 2학년이 되었다.

에일리스는 틈틈이 고향에 있는 언니에게 편지를 쓰는데, 그중 내 마음에 확 꽂히는 문장이 있었다. 막 2학년이 된 당시의 내 심정을 그대로 받아 적은 것 같은 문장이었다.

'이제 반쯤은 바다를 건넌 것 같아.'

그 후로 에일리스는 연애도 하고 성장도 하며 바다를 '완전히' 건너는 모습을 보여 주었다. 하지만 나는 대학을 졸업하고 10여 년이 흐른 지금까지도 여전히 바다를 겨우 '반쯤' 건너온 기분을 느낀다.

어려운 집안 형편에 육지 4년제 대학을 희망했다는 것만으로 나를 꾸짖는 어른들이 간혹 있었다. 작은 섬 안에선 단지 꿈을 꾼다는 사실만으로도 죄책감을 느껴야 했다. 내 한계를 묶어 놓으려는 차가운 말들로부터 벗어나 훌훌 자유로워지고 싶었다. 반대로 나를 응원해 준 이도 있었다. 대학 첫 등록금을 마련하지 못해 발을 동동 구르고 있을 때 고모는 나를 은행으로 불러 선뜻 큰돈을 내주었다. 얼른 성공해서 그동안 진 빚을 갚고 고향의 가족들에게 보탬이 되자고 결심했다. 하지만 그 순수한 다짐도 때로는 버거웠다. 내가 왜 고향을 떠나왔을까 뼈저리게 후회하며 엉엉 우는 날도 있었고, 다시는 돌아가지 않을 거라고 아랫입술 잘근 잘근 깨물며 독하게 마음먹는 날도 있었다. 고향으로 돌아갈 것이냐 타지에 정착할 것이냐는 답을 내리기 힘든 질문이었다. 어느 한쪽을 빨리 선택해야만 할 것 같아 초조했다. 갈림길에 서서 아무런 결단도 내리지 못하는 스스로가 답답하고 원망스러운 날들도 많았다.

하지만 지금은 생각한다. 고향을 떠나 타지로 온 사람들은 모두가 늘 '바다를 반쯤 건넌' 기분으로 살아가는 것은 아닐까. 이곳이 완전한 나의 뿌리는 아니되 그렇다고 고향에 내 전부를 두고 싶지는 않은 마음. 이 마음 자체가 나의 정체성인 것은 아닐까.

스스로가 선택해 찾아온 땅에서 많은 것을 보고 배우고 느꼈다. 도전의 짜릿함과 실패의 씁쓸함을 고루 맛보았다. 눈물과 혼란으로 얼룩진 이십 대를 보냈어도 시간을 되돌리고 싶은 마음은 없다. 설령 과거의 선택에 실수가 있었을지라도, 내 삶에서 무언가를 선택하고 행동할 권리는 오직 나에게 있다는 사실을 이제 확실히 알게 되었다. 불안도 설렘도 외로움도, 전부 나의 몫이다.

다시 영화 〈브루클린〉으로 돌아가 보자. 첫 장면이 그랬던 것처럼 마지막 장면에서도 에일리스는 뉴욕행 배를 타고 있다. 달라진 것은 그녀의 세련된 옷차림과 당당한 표정, 확신에 찬 눈빛. 그녀는 자신보다 조금 어린, 과거의 자신과 꼭 닮은 아일랜드 여인에게 조언한다. 첫째, 배 위에선 아무것도 입에 대지 말 것. 둘째, 브루클린에 도착하면 향수병이 찾아와도 버틸 것. 버티다 보면 언젠가는 햇살이 찾아올 테니까.

아무도 없는 기숙사. 그 울렁이는 배에 타고 있던 열아홉 살의 나를 만나고 싶다. 아무렇지 않은 척하면서, 실은 잔뜩 겁에 질린 채로 떡볶이를 씹어 삼키던 그때의 나. 그때의 떨림이 지금도 내 안에 선명하게 남아 있다. 안녕. 서른 몇 살이 되어도 우리는 여전히 바다를 반쯤 건넜을 뿐이지만, 그래도 힘내길. 인생이란 여정에서 배는 언제나 울렁이고 불시에 파도가 치고 폭풍우 몰아치는 밤도 만나게 되는 법이니까. 그 시간을 견디며 차차 성장하는 거겠지. 멀미를 하지 않는 노하우도 알아가면서. 갑판 위에 두 발로 서서, 항해를 즐기기도 하면서.

꼬마요리사의 수제비

설익은 어른의 거짓말

초등학교 저학년 시절, 〈꼬마요리사〉는 나의 친구였다. 집에 혼자 있을 때면 TV를 켜고 〈꼬마요리사〉 속 맛난 음식들을 눈에 담으며 시간을 보냈다. 어린이 취향에 맞춘 요리 프로이니만큼 나오는 음식이 하나같이 좀 유별난 구석이 있었다. 주먹밥도 알사탕만 한 크기로 앙증맞게, 수제비도 시금치며 당근 등의 채소즙을 갈아 반죽해서 오색으로 떠 넣었다. 우리 집에서 일상적으로 먹는 음식이랑은 딴판이었다. 그냥 먹어도 맛있는 수박을 굳이 믹서에 갈아서 설탕을 넣어 젤리로 굳히는, 그런 식이었으니까. 하지만 당시 내 눈엔 그 손 많이 가고 화려한 음식들이 어찌나 좋아 보이던지. 부잣집에 사는 아이들이 공주 옷을 입고 소꿉

놀이를 하다가 먹는 특별한 간식 같아 보였달까. 긴긴 여름방학이 지루하게 이어지던 어느 날 나는 결심을 했다. 부모님 두 분 다 집을 비운 사이에 꼬마요리사가 되어 보기로.

부엌으로 달려가 찬장을 열고 밀가루 한 봉지를 꺼냈다. 〈꼬마요리사〉를 보는 동안 가장 먹고 싶었던 음식이 바로 '알록달록 오색 수제비'였다. 채소를 믹서에 갈아 즙을 내는 건 너무 난이도가 높았기에 '알록달록'도 아니고 '오색'은 더더욱 아닌 평범한 흰 밀가루 수제비를 만들기로 스스로와 타협을 봐야 했지만. 그래도 수제비는 집에서 엄마가 자주 만들었던 음식이라 익숙한 편이었다. 채 열 살도 되지 않은 나의 요리 솜씨라고는 딱 라면만 끓이는 수준이었지만, 그럭저럭 흉내는 낼 수 있으리란 자신이 있었다.

낭푼[11]에 밀가루 탈탈 털어 넣고, 싱크대 수도꼭지를 틀어 콰르르 물을 받았다. 물거품이 오른 밀가루 틈새로 손을 집어넣어 휘휘 젓는데, 어라? 이상하다, 원래 이랬던가. 아무리 한참을 조물락거려 봐도 이건 수제비 반죽이 아닌 것 같았다. 아직 집에 에어컨이 없던 시절, 마루에 틀어 놓은 파란 날개의 선풍기는 회전모드로 탈탈탈탈 힘없이 돌아가는데, 그 선풍기가 내 쪽으로 고개를 돌릴 때마다 꼭 누가 쳐다보는 것만 같아 어찌나 삐질삐질

11 '양푼'을 뜻하는 제주어.

땀이 나던지. 다시 밀가루를 넣고, 또 넣고 하는 새에 이마 옆으로 또르륵 굵은 땀방울이 흐르고, 오른손등으로 땀을 훔치고 나면 머리카락이며 귓바퀴 주변엔 흰 가루가 앉았다. 귀 옆머리가 백발이 되어 갈 때쯤, 반죽이 겨우 덩어리로 뭉치기 시작했다. 이제 좀 되어 가나 싶었는데 질척질척한 반죽이 끈끈이 괴물처럼 손가락 사이사이에 들러붙었다. 떼어내려 하면 할수록 더 많이 달라붙는 밀가루 괴물의 공격에 나는 싸울 의지를 잃고 말았다. 숟가락을 꺼내어 손바닥이며 손가락 사이사이를 닥닥 긁었다.

한바탕 소동이 끝났다. 냄비에 물을 끓일 차례다. 보글보글 끓는 소리가 나자 엄마가 했던 것처럼 불을 약하게 줄였다. 수제비를 뜰 일만 남은 것이다. 하얀 반죽을 엄지와 검지로 조물조물 늘리고 매만져 가며 귓불처럼 보들하고 매끄럽게, 얄팍하게 뜯어 넣으면 얼마나 좋았겠냐마는, 끈끈이 괴물과의 사투에 나는 지쳐 있었다. 숟가락 두 개를 양손에 하나씩 잡고, 오른쪽 숟가락으로 야무지게 한 덩이 퍼 올리면 왼쪽 숟가락이 질척한 반죽 끄트머리를 잘라내고 뜨거운 물 속으로 빠뜨렸다. 아까보다도 더 땀이 줄줄 흐르는 고된 작업이었다. 어찌어찌 반죽을 모두 떠 넣고 나니 냄비 안은 온통 부글부글 소리로 요란했다. 하하, 이제 다 끝난 건가? 모양이야 어찌 되었건, 뿌듯한 마음으로 국그릇 하나 가득 수제비를 퍼 담았다. 마침내 나의 첫 수제비가 완성되었다.

애초에 바랐던 '오색'은 아니었고, 엄마가 끓인 것처럼 큼직큼직한 감자나 애호박 건더기가 들어 있는 것도 아니었지만, 어쨌든 이 꼬마요리사가 수제비란 음식을 만든 것이다. 나는 그 사실만으로도 충분히 감격스러웠다. 밥상 앞에 앉아 내 인생 첫 '작품'을 한 숟가락 떠서 후후 불어 입에 넣었다. 그 순간 쫄깃,도 아니고 설겅,도 아닌 애매하게 뭉그러지는 밀가루 덩어리가 씹혔다. 겉면은 갓 쪄낸 송편처럼 물기를 머금어 촉촉하고 뽀얀 살결을 뽐내고 있는데, 안은 아직 날반죽 상태 그대로였다. 같이 입안으로 흘러들어 온 국물도 맹탕이었다. 멸치든 조개든 뭐라도 넣어 국물을 우렸어야 했는데 어린 내가 알 턱이 있나. 심지어 소금이나 간장으로 간을 해야 하는 줄도 몰랐다. 허구한 날 〈꼬마요리사〉를 보면서도 내 눈에 들어온 건 오로지 알록달록한 모양새뿐이었던 것이다. 인내심을 갖고 먹어 보려 해도 입안 가득 날 밀가루 냄새가 퍼져 차마 더 씹을 수도 없었다. 억지로, 오기로라도, 땀과 노력의 결실인 이 수제비를 어떻게든 더 씹고 삼켜 보려 했지만 무리였다. 싱크대로 달려가 입안에 있던 축축한 덩어리를 웩 뱉어 냈다. 국그릇에 가득 찬 수제비도, 냄비 안에 있던 남은 수제비도 싹 다 개수대에 쏟아버렸다.

엄마 돌아오실 시간이 다 됐구나, 퍼뜩 정신이 든 나는 부랴부랴 설거지를 시작했다. 그런데 이번엔 또 무슨 시련이란 말인가, 개수대의 물이 빠지지는 않고 곧 넘칠 듯이 찰방찰방 차올랐다. 아뿔싸, 내가 버린 수제비 잔해들 때문이었다. 음식물 쓰레기는 어떻게 버리는지 전혀 알지 못했던 나는 흔적을 남기면 안 된다는 생각에 사로잡혀 과감히 수채통에 손을 집어넣어 거름망을 빼내버렸다. 두 번 다시는 보고 싶지 않은 괴상한 밀가루 덩어리들이 숭덩숭덩 수도관 밑으로 떠내려갔다. '고고고고고로록고로록' 소리를 내며 물도 시원시원하게 모두 빠져나갔다. 설거지가 끝났다. 사건 종료. 수제비는 나 혼자만의 비밀이 되었다.

"1층에서 뭐가 역류해신가."

다음 날 아침, 엄마 아빠의 목소리에 잠에서 깨어났다. 심상치 않은 분위기였다. 졸음 섞인 눈을 비비며 마루로 나가니 엄마 아빠가 부엌 싱크대에서 복작복작 무언가를 하고 있었다. 엄마는 멀뚱히 서 있는 나를 발견하고는 물었다.

"어제 부엌에서 뭐 해나시냐?"

걸리면 끝장이다! 초조함에 바들바들 심장이 떨려 왔다. 애써 태연하게 눈만 끔뻑거리며 모르는 척을 했다.

"하이 참, 아무추룩도 안해나신디 어떵 갑자기 하수구가 막혀 부렀네."

다행히 엄마는 눈치를 채지 못한 모양이었다. 나는 쪼르르 다시 방으로 들어가 안도의 한숨을 내쉬었다. 에잇, 수제비, 까짓것 잘할 수 있었는데.

나는 그저 철없는 '꼬마'였을 뿐, TV 속에 나오는 '꼬마요리사'

는 아니었던 것이다.

5학년이 되어 나는 또 다른 꼬마요리사를 만났다. 같은 반 친구인 선희[12]였다. 당시 우리 반엔 급식비를 지원받는 아이가 셋 있었는데, 그중 두 아이가 바로 나와 선희였다. 선희네 집 현관문을 열고 들어갈 때면 언제나 쿰쿰한 냄새가 났다. 마루 겸 안방 구실을 하는 방 하나, 오빠들이 쓰는 문짝 달린 방 하나가 전부인 자그마한 집. 그곳에 선희네 엄마와 오빠 둘, 그리고 선희가 살았다. 마루 한쪽 선반 위 작은 액자에는 선희 아버지 사진이 들어 있었다.

어린 나의 눈에 보기에도 선희네 살림은 궁색했다. 우리 집도 먹고살기 빠듯하기는 마찬가지였지만 선희네 집은 더욱 힘든 상황이었다. 몇 달 동안 거의 매일을 선희네 집에 놀러 가다시피 했는데 나는 단 한 번도 선희네 어머니 얼굴을 본 일이 없다. 가장의 빈자리를 채우기 위해 어딘가에서 밤낮없이 분투하고 계셨을 것이다. 방과 후면 우리는 당연하다는 듯이 선희네 집으로 향했다. 나는 선희와 마주 앉아 빨래를 개키며 재잘재잘 수다를 떨거나 아니면 밥하는 선희의 뒷모습을 멍하니 앉아 구경하곤 했다.

밥솥 하나 가득 밥을 지어 놓는 것도 언제나 선희가 해야 할 일이었다. 선희는 그만큼 살림에 익숙했다. 우리보다 키가 훌쩍 큰 오빠들이 중학교, 고등학교 수업을 마치고 집으로 돌아와 밥솥을

12 친구 이름은 가명을 썼다.

열어 보고는 밥이 부족하다 싶으면 선희에게 불같이 화를 냈다. 한창 성장기에 있었을, 식욕 왕성한 오빠들은 밥을 커다란 대접에다 퍼서 고추장에 썩썩 비벼 별다른 반찬 없이도 아주 맛있게 한 그릇 뚝딱 해치우곤 했다. 그렇게 한두 그릇 먹다 보면 밥은 또 금방 동이 났다. 선희는 묵묵히 다시 부엌으로 가 쌀을 씻고 밥을 안쳤다. 컴컴한 오밤중이나 되어야 돌아오실 엄마를 위해.

어느 날인가는 선희가 나를 위해 그 '고추장밥'을 비벼 주었다. 아무 반찬도, 심지어 참기름 한 방울조차도 없이 비빈 고추장밥을, 한 숟갈 가득 퍼서 입에 밀어 넣었는데 정말로 맛이 있었다. 나는 선희가 요술을 부린다고 생각했다. 선희는 수제비도 자주 만들었다. 밥을 비벼 먹는 그 커다란 대접에 한가득 퍼 준 수제비가 또 어찌나 맛있던지. 그 집 음식이 늘 그랬듯 이번에도 흔한 감자 한 쪽 없이 멀건 국물에 밀가루 반죽만 둥둥 떠다니는데도 엄청난 별미였다. 몇 해 전 내가 만들었던 엉터리 수제비와는 천지 차이였다.

몇 날 며칠을 그렇게 선희가 차려 주는 대로 얻어만 먹다가 하루는 나도 비법을 전수받고 싶어 선희 옆에서 요리를 거들었다. 선희는 냄비에 수돗물을 받아 가스레인지 위에 올렸다. 부글부글 끓기 시작할 무렵 찬장으로 손을 뻗어 '소고기 다시다'를 꺼내더니 한 숟갈 푹 떠서 냄비에 넣고 무심한 표정으로 국물을 휘휘 저었다. 그러고는 미리 반죽해 놓은 수제비를 손으로 떠 넣으면 끝.

그 기똥찬 맛의 비결은 '다시다'였던 것이다.

한 솥 가득 수제비가 완성되면 선희는 언제나처럼 국그릇에 정갈하게 한 국자 떠서 아버지 액자 앞으로 가져다 놓았다. 그날, 자그마한 밥상에 마주 앉아 후룩후룩 수제비를 먹으며 선희에게 〈꼬마요리사〉에 나온 '알록달록 오색 수제비'를 아느냐고 묻고 싶었다. 하지만 이내 생각을 거두었다. 선희는 이미 충분히 훌륭한 진짜 꼬마요리사였으니까. 한창 공주 대접을 받아도 모자랄 나이의, 막내딸이었던 선희. 선희가 아버지 영정에 바치기 위해 퍼 올리던 그 한 국자의 수제비는 세상 무엇보다도 진국이지 않았을까.

그렇다면 나는, 그로부터 이십여 년이 지나 이렇게 훌쩍 커버린 나는, 가슴으로 끓인 진한 국물 한 사발 부모님께 떠 드린 적이 있었던가. '꼬마'도 아니고 '요리사'도 아닌 어정쩡한 존재가 되어버린 나는, 어린 날의 내가 끓였던 수제비처럼 지금도 설익은 맛이 난다.

수제비 반죽을 하려면 물과 가루의 비율을 잘 맞춰야 한다는 사실도, 수제비의 맛은 눈에 보이는 밀가루 반죽 덩어리 혼자 만들어 내는 것이 아니라는 사실도 나는 몰랐다. 제 욕심으로 시작한 육지 생활에 우리 가족이 내 상상보다 훨씬 더 큰 희생을 해야 했다는 사실까지도.

눈에 티가 날 듯 말 듯 조용히 수제비의 깊고 시원한 맛을 완성해 주는 멸치 육수처럼, 묵묵히 뒤에서 받쳐 주시는 부모님의 지원과 격려가 있었기에 그동안 하고픈 일을 실컷 할 수 있었던 것이다. 그걸 깨우치기까지, 나는 부모님의 살과 땀을 우려낸 진한 육수 위에 둥둥 뜬 날 밀가루 냄새 나는 수제비에 불과했다.

'수제비 소동'이 일어난 날로부터 한참 후, 이제는 눈물 쏙 뺄 만큼 매섭게 혼내지는 않으시겠지 싶을 정도로 긴 시간이 흐른 뒤에야, 엄마에게 잘못을 고백했다. 그러나 놀라기는커녕 깔깔 소리 내 웃기만 하던 엄마의 모습.

"야, 그때 진작 알았주, 그걸 몰라시카부댄!"(※야, 그때 진작 알았지, 그걸 몰랐을까 봐!)

잠시 동안 어안이 벙벙했다. 퍼뜩 정신이 들었을 때 하나둘 떠오르는 풍경들이 있었다. 선풍기가 탈탈탈탈 고개를 돌릴 때마다 박자를 맞춰서 같이 난분분 흩날리던 밀가루, 흐르는 수돗물 아래서 손을 씻을 때 팔뚝의 솜털에까지 뽀얗게 내려앉아 있던 미세한 입자들. 제 딴에는 증거를 다 없앤 줄 알았건만, 그날 저녁 집에 돌아온 엄마가 마주한 부엌은 구석구석이 온통 밀가루 천지였던 것이다.

모든 걸 다 꿰뚫어 보면서도 엄마는 내내 모른 척해 주었다. 집에서 혼자 수제비를 만들겠다고 고사리손을 꼬물꼬물 움직인 어린 딸이 도리어 안타까웠던 걸까. 거짓말로 무사히 위기를 넘겼다며 내가 안도의 한숨을 내쉴 때, 엄마는 속으로 어떤 생각을 하고 있었을까.

한 번의 실수로 시작된 거짓말은 여러 번 반복되면서 걷잡을 수 없이 불어났다. 반죽의 농도가 맞지 않으면 밀가루를 더 넣고 물을 더 넣고 다시 밀가루를 더 넣고 끝없이 반복하다 결국 망치게 되는 수제비 반죽처럼. 대학 생활에 잘 적응하고 있다는 거짓말, 학점을 잘 받았다는 거짓말, 좋은 직장에 취업했다는 거짓말, 부모님이 기대하시는 그 월급을 받고 있다는 거짓말……. 불과 몇 년 전까지만 해도 직장 생활이 힘들어 잠시 일을 쉬고 있다는 사실도, 학자금 대출을 갚지 못해 연체가 되고 있다는 사실도 모두 숨겨야 했던 시절이 있었다.

그나마 한 가지 다행인 점은, 요즘 하는 거짓말은 부모님의 걱정을 덜어드리기 위한 하얀 거짓말이라는 것이다. 설이며 추석 명절마다 양손 가득히 챙겨 가는 선물이 부모님의 웃는 모습을 보고 싶어 큰맘 먹고 무리해서 장만한 것들이라는 것도, 가끔은 아파도 잘 지내는 척 웃으며 안부 전화를 드린다는 것도.

하지만 어쩌면, 엄마는 모두 눈치챘을지도 모른다.

딸아이의 성장을 믿고 지켜보기 위해 모른 척 눈감아 주고 있을지도. 쉽지 않겠지만 어디 한 번 너의 인생을 살아보라며, 밀가루가 온 부엌에 흩날려 있던 그 여름날의 밤처럼 홀로 묵묵히 싱크대를 닦으면서.

프렌치토스트

일요일 아침의 행복 한 조각

그 호텔에서의 한 달을 잊지 못한다. 이렇게 적어 놓으니 꽤 낭만적인 도입부 같다. 실은 대학교 2학년 겨울, 호텔 주방에서 현장실습을 했던 일이지만. 몇몇 친구들은 호텔 근처의 고시원에 들어갔고, 나는 고등학교 동기가 서울에서 직장 생활을 하고 있어 잠시 신세를 지기로 했다. 친구가 자취하는 남구로에서 남산 근처 호텔로 가는 길은 무척 낯설었다. 하지만 우물쭈물할 틈이 없었다. 호텔의 어느 부서든 그렇겠지만 주방은 아주 이른 아침부터 일과가 시작되는 곳이다. 특히나 내가 소속된 곳은 투숙객을 위한 조식 뷔페를 담당했다. 실습생이라면 누구보다도 일찍 출근해야 한다는 암묵적인 룰까지 존재했다. 출근 첫날, 나의 성실함을 증명해 보이기 위해 지하철 첫차에 몸을 실었다. 하지만 허겁지겁 유니폼을 갈아입고 달려간 주방에서는 직원분들이 굳은 얼굴로 나를 기다리고 있었다.

"너, 실습생이 첫날부터 지각을 해?"

입에서 아무런 말도 나오지 않았다. 혼나는 게 무서워서도 억울해서도 아니었다. 다만, 정말로 이해가 되지 않았던 것이다. 지하철 첫차를 타고 출근했는데 지각이라니? 이미 나 빼고 모든 사람이 다 일터에 도착해 있다니? 어떻게? 대체 어떻게?

그날 저녁 친구의 도움으로 지하철보다 버스가 한 시간 빨리 운행을 시작한다는 정보를 알게 되었다. 푸르스름한 새벽 무렵, 다시는 지각하지 않으리라 이를 부득부득 갈면서 올라탄 버스 안에서 허름한 점퍼 차림에 배낭을 메고 있는 어르신들이 빼곡히 자리를 채운 광경을 마주했다.

그렇게 첫차로 출근하는 한 달 동안 단 한 번도 비어 있는 버스를 본 적이 없다. 얼마나 이른 시간이든, 어떤 동네에서든, 버스 안에는 아침 일찍 하루를 시작하는 고단한 누군가가 유리창에 얼굴을 기대고 앉아 있었다.

김금희의 짧은 소설「그의 에그머핀 2분의 1」에는 매일 아침 분투하는 '선미'라는 인물이 등장한다. 선미는 1000번 광역버스를 타고 신촌으로 출근한다. 사무실에 들어가기 전 간단히 요기라도 하고 싶어 잠을 줄이고 조금 더 일찍 버스에 오르지만, 아침 메뉴 선택지는 그리 다양하지 않다. 지하철역 입구에서 파는 옥수수, 노점 포장마차의 김밥, 햄버거 가게의 에그머핀 세트가 고작이다. 하지만 그런 요깃거리라도 뱃속에 밀어 넣으며 잠시 숨을 돌려야만 선미는 회사에서의 고단한 시간을 버텨낼 수가 있다.

아침에 김밥을 먹는 사람들 중 상당수는 뒤편 빌딩에 있는 외국어학원의 수강생들이었다. 출근 전에 그렇게 외국어까지 공부하는 사람들이 있다고 생각하면 선미는 어쩐지 자기 자신이 나약하게 느껴졌다. 하지만 그때마다 이보다 어떻게 더? 라는 반발심도 들었다. 6시 반에 마치 청소기 흡입구에 빨려 들어가는 먼지들처럼 여기로 이동되어 오는 것도 힘에 부치는데 얼마나 더?

— 김금희, 「그의 에그머핀 2분의 1」 중에서

(『나는 그것에 대해 아주 오랫동안 생각해』, 마음산책, 2018, 42~43쪽)

서울이란 도시는 매일 아침 얼마나 많은 사람을 빨아들이고 있는 걸까. 나의 서울살이는 짧은 실습으로 끝이 났지만, 특별시든 광역시든 모두가 치열하게 경쟁하는 도시에선 살아간다는 일 자체가 때때로 너무나 숨이 막혔다.

유년 시절에는 초조하고 숨 가쁜 삶이 무언지도 모르고 살았다. '엄마, 아빠! 늦잠 자는 일요일 아침! 재미있는 만화잔치 난 좋아' 노래가 흘러나오는 TV를 보며 안방 이불 속에 몸을 파묻고 있으면, 부엌에서는 고소한 마가린 냄새와 꿀처럼 달달한 향기가 퍼져 나왔다. 엄마는 작은 상을 안방에 내려놓았다. 우유가 든 유리컵 네 개, 포크 네 개. 그리고 커다란 접시에는 달걀물에 푹 적셔 노릇하게 구워낸 보들보들한 토스트가 수북이 쌓여 있었다.

엄마는 프렌치토스트를 마치 부침개 굽듯 구웠다. 첫 접시를 자식들 앞에 들이밀고는 당신은 입에 넣어볼 새도 없이 또 프라이팬을 지켜보며 부치고 뒤집고 바삐 움직였다. 아빠와 오빠, 내가 다섯 장쯤 켜켜이 쌓여 있는 프렌치토스트를 순식간에 해치우고 빈 접시를 부엌으로 가져가면 엄마는 두 번째 접시를 내밀었다. 도마 위에는 세모나게 이등분 된 하얀 식빵이 쌓여 있었다. 나는 아직 달걀물에 잠기지 않은 식빵 조각을 보며 생각했다. 아직 많이 남았구나. 잘라놓은 식빵이 모두 사라질 때까지 엄마의 프렌치토스트 부치기는 계속되겠구나.

그 여유로운 일요일의 숫자도 도마 위에 쌓인 식빵 조각 수처럼 넉넉했더라면 얼마나 좋았을까. 초등학교를 졸업하고 중학교에 입학할 무렵, 우리 집 사정은 급격하게 더 어려워졌고 주거환경에도 몇 번의 변화가 생겼다. 원래 살던 제주시 집과는 멀리 떨어진 할아버지 댁으로 온 가족이 이사했다가, 오빠와 나만 다시 제주시 할머니 댁으로 거처를 옮겼다. 얼마 후 부모님은 일거리를 찾아 서귀포로 떠났다. 몇 년 뒤에는 아예 산속 외진 곳에서 새로운 생활을 시작했다. 오빠와 나는 할머니 댁에서 학교를 다니다 방학이 되면 엄마 아빠가 있는 서귀포 집으로 놀러 가곤 했다.

'프렌치'와도 '브런치'와도 거리가 먼 삶이었지만, 일요일 늦은 아침에 먹는 엄마표 프렌치토스트는 달콤하고 고소한 향내 폴폴 풍기는 우리 가족의 느긋한 브런치 타임이었음이 분명했는데. 온 가족이 뿔뿔이 흩어진 후로 엄마표 프렌치토스트는 다시 볼 수 없는 메뉴가 되어버렸다.

직장 생활을 하면서부터는 내 손으로 프렌치토스트를 해 먹기 시작했다. 꼭 일요일 아침을 고집할 필요는 없었다. 안개 자욱한 거리를 혼자 헤매는 것처럼 우울하고 외로운 날이나, 가슴속이 퍼석퍼석하게 말라버린 것 같은 날이면 냉동실 문을 열고 언젠가 처박아 둔 식빵 쪼가리를 꺼냈다.

달걀 두 알을 깨서 풀고 설탕과 우유를 조금 섞는다. 소금 한 꼬집도 잊지 않는다. 그릇 안에 바나나우유처럼 연노랑 빛의 액체가 찰랑거리면, 차갑게 굳은 식빵을 집어넣는다. 네모난 식빵이 달걀물 속에서 느긋한 반신욕을 시작한다. 딱딱하게 얼어 있던 내 몸이 말랑말랑 풀어지는 기분이다. 식빵을 앞뒤로 뒤집어 겉면을 고루 적시고 나면, 다른 그릇에 잠시 옮겨둔다. 그동안에도 식빵은 스펀지처럼 달걀물을 흡수해 파삭 마른 안쪽까지 촉촉하게 수분을 머금게 된다.

준비된 식빵을 기름 두른 팬에 노릇노릇 굽고 설탕이든 메이플 시럽이든 잔뜩 뿌려 주면 완성! 노랗고 퐁신한 이불 같은 프렌치토스트를 우물우물 먹고 나면, 몸 구석구석까지 따뜻하고 달콤한 에너지가 차오른다. 뭐 그건 좀 과장이라 쳐도, 어찌 되었든 하루 정도는 견딜 만해진다. 책을 읽든 빨래를 하든, 무언가를 시도해 볼 마음이 생겨난다.

호텔의 조식 뷔페를 준비하기 위해 밤잠을 줄이고 동이 트기도 전에 첫차를 타던 그 시절의 오기와 열정은 내 안에서 사라진 지 오래다. 하지만 누군가에게 달콤하고 여유로운 아침 식사를 선물하고 싶은 마음만은 여전하다. 엄마에게, 아침마다 일터로 빨려 들어가는 수많은 '선미'들에게도, 촉촉한 프렌치토스트를 만들어 대접하고 싶다. 예전 엄마가 해 주었던 것처럼 부침개 부치듯, 한 접시 가득 쌓아서.

겨울날의 산모미역

깊이를 헤아릴 수 없는 내리사랑

1987년 겨울에 나는 태어났다. '탄생'이라는 단어 옆자리로는 언제나 자연스레 '미역국'이 연상된다. 아기를 낳은 산모가 가장 먼저 먹는 음식이 바로 미역국이다. 산모는 미역국으로 몸을 추스르고 아이에게 젖을 물린다. 내가 세상에 태어나 두 입술을 움직여 힘껏 빨아들인 최초의 음식은 엄마의 젖이었지만, 그 안에는 미역국도 함께 흐르고 있었을 것이다.

태어나 가장 먼저 먹은 음식, 그리고 매해 생일마다 챙겨 먹는 음식. 그렇게 꼬박 서른 몇 번의 해가 지나도록 먹은 음식임에도 나는 아직 진짜 미역국의 맛을 모른다.

지금으로부터 십여 년 전, 설을 앞둔 어느 겨울이었다. 그즈음에는 나의 생일도 끼어 있었다. 명절 쇠러 고향에 내려오라는 부모님의 권유에도 나는 대전에 머무르기를 고집했다. 대목을 앞두고 대전역 앞 광장에서는 '농수산식품 특별전' 행사가 한창이었다. 나는 그곳에서 단기 아르바이트를 했다. 대학교 3학년, 그리 바쁠 것도 없는 내가 설에 고향에 내려가지 않고 아르바이트 핑계를 댄 것은 일종의 도피였다.

"생일인데 엄마가 미역국도 못 끓여 줘서 어떡하니."

전화 통화 끝에 엄마는 미안한 마음을 전했다. 엄마의 안타까운 음성을 들으면서 나는 죄책감과 해방감이 뒤섞인 묘한 감정을 느꼈다. 그 감정을 떨쳐버리기 위해 아르바이트에 열중했다. 한겨울에 찬바람 맞아가며 야외에서 일한다는 것이 쉬운 일은 아니었지만 일당이 제법 셌다. 그렇게 열심히 번 돈으로 스스로에게 뭔가 근사한 선물을 하나 해야겠다는 생각을 하고 있으면 부모님의 얼굴 정도는 쉽게 머릿속에서 지울 수 있었다.

대전역 앞, 질서정연하게 세워 놓은 여러 개의 천막 밑으로는 매일 시끌시끌한 장터가 펼쳐졌다. 뻥튀기, 생과자, 젓갈, 나물, 김치, 등 다양한 식품이 늘어선 풍물장이었다. 나는 그곳에서 처음 이틀은 강정과 뻥튀기를 팔고, 삼 일째 되던 날에는 생과자를 팔았다. 주머니 속에 손난로를 넣고 두꺼운 양말을 두 겹씩 신고 일해도 저녁이면 동상에 걸린 것처럼 손발이 저릿했다. 유난히도 추운 겨울이었다. 눈송이는 찬바람에 실려 나풀나풀 천막 밑으로 날아들었다.

그래도 일 자체는 즐거웠다. 투명한 비닐봉지에 삼천 원어치, 오천 원어치 과자를 담고 포장하는 일이 주 업무였다. 포장을 해도 해도 사라지기가 순식간이었다. 박스 안에 가득 쌓여 가는 지폐를 보고 있으면 절로 신이 났다. 입도 호강했다. 일하는 틈틈이 사장님들이 챙겨 주시는 강정이며 센베는 유난히도 고소하고 달콤했다.

문제는 그다음 날이었다. 건어물 파는 곳으로 파트가 옮겨졌다. 돌김, 파래김, 미역, 말린 홍합, 멸치, 디포리 등속을 파는 곳이었다. 굳이 입에 넣고 씹으려면 못 먹을 것은 아니지만, 아무래도 과자 천국에 있을 때보다는 흥미가 덜했다. 윤기가 반지르르하게 흐르는 최고급품들만 모아 진열한 사장님의 자부심은 대단했다. 장터의 다른 제품들에 비해 가격대가 꽤 높은 편이었다. 사람들은 기웃기웃할 뿐 선뜻 지갑을 열지 않았다. 나중엔 오가는 발걸음마저 뜸해졌다. 점점 애가 타는 건어물 사장님의 속을 아는지 모르는지 눈은 펑펑 푸짐하게도 쏟아졌다. 강정집에서 일할 적엔 날아드는 눈송이도 튀밥처럼 포근하기만 했는데, 건어물집 매대 위로는 시린 바람만 쌩쌩 불었다.

어느덧 날이 저물고 하늘엔 어둠이 깔렸다. 한 시간만 버티면

꿈에 그리던 퇴근이었다. 나는 주머니에 손을 찔러 넣은 채 발을 동동 구르면서 코를 훌쩍였다. 바로 그때, 중년의 신사 한 분이 등장했다. 드라마에서나 볼 법한 번듯한 옷차림. 짙은 갈색 코트에 까만 중절모를 눌러 쓴 신사는 이런 시장통과는 어울리지 않아 보였다. 당연히 물건을 살 것 같지도 않았다. 평생 주방 문턱에도 안 가 봤을 분인데 뭐, 이런 생각을 하며 양손에 입김을 불고 손바닥을 비벼댔다. 신사분은 이리저리 살피는 시늉을 하다 입을 열었다. 매력적인 중저음의 목소리가 입술 사이로 흘러나왔다.

"미역 있습니까?"

"네? ... 아, 네."

깜짝 놀랐다. 예상 밖의 매출에 신이 나 팔뚝만 한 길이의 마른미역을 재빨리 비닐봉지 안에 넣었다. 다시, 중저음의 목소리가 들려왔다.

"저기, 저건 뭡니까?"

신사분의 인자한 시선이 닿은 곳에는 '산모미역'이 놓여 있었다. 산모미역. 그 산모미역으로 말할 것 같으면 거짓말 조금 보태서 키는 내 반만 한, 건어물 매대를 통틀어 가장 비싼 최고급 제품이었다. '고기 한 방울 없이 그냥 들기름에 달달 볶아서 끓이기만 해도 사골같이 뽀오얗게 국물이 우러난다'고 사장님이 온종일 입에서 단내가 나도록 떠들어대도 아무도 사 가지 않던 미역. 그 크고 두툼한 자태에 걸맞은 가격, 한 묶음에 무려 오만 원짜리.

"아, 저 그건…… 산모미역이라고…… 오만 원이에요……."

나는 주저하면서 대답했다. 모두들 가격을 듣는 순간 뒤도 안 돌아보고 떠났었다. 그러나 곧, 의외의 대답이 들려왔다.

"그거 가장 좋은 거로 골라서 하나 주십시오. 아, 아니, 두 개 합시다!"

그게 다였다. 그저 그 말뿐이었는데, 순간 목이 메었다. 대답을 제대로 할 수가 없었다. 겨우 정신을 붙잡고, 말없이 두 눈만 끔뻑이며 산모미역을 집어 들었다. 내 키 반만 한 미역을 비닐봉지 안에 욱여넣는 일은 만만치 않았다. 엉거주춤한 자세로 단단한 미역을 껴안은 채 바스락거리는 비닐봉지와 사투를 벌였다. 날은 춥고, 눈은 쏟아지고, 두 귀가 시려서 멍멍했다. 시린 두 볼이 갑자기 확확 붉어지면서 따끔거렸다. 간신히 커다란 봉지 두 개를 신사분께 드리고 지폐를 받았을 때, 나는 두 눈에 눈물이 차올라 그분을 제대로 쳐다볼 수조차 없었다.

잠시 후, 눈물을 훔치고 천막 바깥을 내다보았다. 그 신사분은 멋진 갈색 코트와 어울리지 않는 검정 비닐 뭉치를 마치 보물이라도 되는 양 소중히 품에 안은 채, 눈 오는 거리를 걷고 있었다. 그 모습을 한참 바라보았다. 도톰하고 단단하게 마른미역, 그 주름 주름마다 고여 있던 바다 냄새, 바스락거리는 비닐 소리, 눈발 속에서 희미해지던 중년 신사의 뒷모습. 그날의 풍경은 몇 년이 지나도 잊히지 않고 겨울마다 생생하게 떠오른다.

겨울의 어느 날, 어딘가에서, 설을 앞두고 또 한 생명이 태어났던 모양이다. 그 탄생을 축복하려고 하늘은 아침부터 하얀 눈을 쉼 없이 내려 주었던 걸까. 아마, 며느리를 위한 선물이었을 것이다. 귀여운 손자—혹은 손녀—를 낳느라 고생한 며느리의 몸조리를 위한 '산모미역'. 추운 날씨에 집으로 향하는 발걸음을 재촉하며 대전역 앞을 지나다, 문득 며느리가 눈에 밟혀 낯선 장터에 들르셨겠지. 막상 집에 돌아가서는, 따뜻한 말 한마디 하는 게 쑥스러워 조용히 검은 봉지만 건넸을지도. 그해 겨우내, 어느 집 부엌에서는 미역국 끓이는 불이 꺼지지 않았을 것이다. 머릿속에 산모의 얼굴이 떠오른다. 고운 생명을 옆에 누인 채, 창밖에 축복처럼 쏟아지는 하얀 눈송이를 바라보면서 조용히 국물을 삼키는 산모의 수척한 얼굴이.

1987년 흰 눈이 소복소복 내리는 날에, 나를 낳은 엄마도 미역국으로 몸조리를 하셨으리라. 엄마의 친정어머니, 혹은 시어머니가 손수 끓인 미역국 한 냄비는 온통 사랑으로 가득 차 유난히 진했을 것이다. 그 뜨끈하고 부드럽고 진한 사랑을 훌훌 떠먹으며 엄마는 내게 젖을 물렸다. 그 힘으로 자라난 나는, 매년 생일마다 밥상에 올라오는 미역국을 너무도 당연하게 여겼다. 생일에 축하를 받을 사람은, 진짜로 미역국을 먹어야 할 사람은 내가 아니었는데. 왜 엄마는 내게 미안하다고 했을까. 해마다 뚝딱 미역국 한 그릇을 비워낸 나 자신이 야속하다.

두껍고 탄탄한 산모미역. 그 주름 사이마다 바다 향과 함께 배어 있는 그것은, '고기 한 방울 넣지 않아도 사골처럼 뽀오얗게' 우러나온다는 그것의 정체는 다름 아닌 '내리사랑'일지도 모르겠다. 그러니 내가 어찌 미역국 맛을 안다고 할 수 있을까. 어느 눈 오는 겨울밤의 산모가 되어 뽀얗게 우러난 국물을 삼키는 그 날이 오기 전까지는.

아니, 그날이 온다 한들 내가 진정으로 깨우칠 수나 있을까.

바다의 깊이보다도 더 헤아릴 길 없는 내리사랑에, 한 숟갈 한 숟갈 뜨거운 국물을 삼킬 때마다 절절하게 목이 메어 밥상 앞에서 울음을 터뜨리게 되지는 않을는지.

감귤

화산재 위에서 키워 나간 아버지의 꿈

한 소년이 있었다.

소년은 섬에서 태어났다. 아주 오래전 화산이 폭발하여 생긴 섬이었다. 소년의 아버지는 소년에게 농사일을 시켰다. 소년은 감귤밭에서 거름을 주고 가지를 치고 농약을 뿌렸다. 감귤나무가 대학나무라 불리던 시절이었지만 '감귤'만이 소년의 의무였을 뿐 '대학'은 그의 권리가 아니었다. 이복형제들이 학교에 갈 때 소년은 밭으로 갔다. 아무리 열심히 일해도 아버지는 소년에게 사랑을 주지 않았다. 소년이 버는 돈은 전부 아버지의 주머니로 들어갔다.

시간이 흘렀다. 소년은 더 이상 어리지 않았다. 집을 뛰쳐나와 도시에 일자리를 구했다. 한 여자를 만나 결혼하고 아이 둘을 낳았다. 덤프트럭을 몰았다가 택시 운전사가 되었다. 밤낮없이 일해도 빚은 늘어만 갔다. 살길이 막막해진 순간이 오자 소년의 머릿속에 떠오른 것은 감귤밭이었다. 감귤나무가 더 이상 대학나무라 불리지 않는 시절이었다. 그러나 소년은 그것만이 희망이라 믿었다. 두 아이를 할머니 품에 맡겨 두고 소년은 산속으로 들어갔다. 주인 없이 버려진 과수원을 찾아 다시, 손에 흙을 묻히며 간신히 아이들의 학비를 벌었다.

그렇게 소년은 아버지가 되었다.

2015년에서 2016년으로 넘어가는 겨울, 내가 스물아홉과 서른 사이에서 휘청거릴 때 제주에는 엄청난 눈이 쏟아졌다.

사람들이 내게 '따뜻한 남쪽 나라에서 왔으니 눈은 별로 못 봤겠어요'라고 겨울 안부 인사를 건넬 때마다 속으로 코웃음을 치던 나였다. 아무리 기온이 따뜻한 제주도라 한들, 멀리 보이는 한라산 봉우리엔 언제나 눈이 희끗희끗하게 쌓여 있었고, 한라산 자락 인근에 위치한 부모님의 과수원에도 드물지 않게 눈이 내리곤 했으니까.

하지만 그해 겨울은, 그야말로 이례적인 폭설이었다.

당시 나는 부산에 있었기 때문에 처음엔 대수롭지 않게 생각했다. 그러다 제주 공항에 사흘째 사람들 발이 묶여있다는 뉴스를 접하고 나서야 겨우 사태의 심각성을 깨달았다. 부랴부랴 집에 전화해 안부를 물었다. 언제 무슨 일을 겪든지 항상 괜찮다고만 하던 엄마도, 이번만큼은 앓는 소리를 했다.

이 정도 눈이 쌓인 광경은 살다 살다 처음이라는 말, 두 발이 눈 속에 푹푹 파묻혀서 도저히 집 밖으로는 나갈 수가 없다는 말, 세탁기 속의 빨래들은 이미 오래전에 깡깡 얼어버렸다는 말……. 수화기 너머로 들려오는 엄마의 말을 들으며 나는 쩍쩍 갈라진 엄마의 발뒤꿈치를 떠올렸다. 수족냉증이 심한 엄마의 손발은 지금 대체 얼마나 차가울까, 그런 생각에 코끝이 찡해져 무어라 말을 건넬 수가 없었다. 눈길 운전을 조심해야 한다며 일찌감치 자동차에 체인을 감으러 정비소로 떠났던 아버지가 정작 체인을 다 감고도 눈 때문에 밤새 집에 돌아오지 못했다는 소식에는 허탈한 웃음만 나왔다.

노지의 감귤나무들이 얼마나 처참한 모습일지는 엄마의 설명 없이도 충분히 상상할 수 있었다. 추석 전까지만 해도 반질반질 윤이 나도록 곱게 열려 있어 아버지 마음을 흐뭇하게 했던 귤. 막상 수확 시기가 다가오자 놉을 빌리지 못해서 수확을 미루고 내일모레, 내일모레를 기약했던 귤. 간신히 일할 사람을 불러 놓고도 야속한 비가 쏟아지는 바람에 또 따지 못하고 미뤄 두었던 귤. 나무에 주렁주렁 매달려 있던 그 귤들이 거대한 냉동고가 되어버린 섬 안에서 두터운 눈을 뒤집어쓰고 얼어버렸다. 한 해의 농사는 그렇게 수포로 돌아갔다.

이번 귤을 팔면 형편이 좀 나아질까 막연한 기대만을 갖고 365일 몸을 혹사시켰던 엄마는, 어린아이처럼 방바닥에 드러누워 눈물을 찔끔찔끔 흘리다가 결국 설움이 복받쳐 목 놓아 울어버렸다 한다. 귤 알맹이보다도 더 차게 얼어버린 두 발을 감싸 쥔 채로.

그렇게 지독히 눈이 쏟아진 겨울에도, 어김없이 귤 택배는 도착했다. 너무 얼어버린 귤들이라 맛은 없을 거고 당연히 어디다 팔 수도 없겠지만, 그래도, 혹시 지인들에게는 부쳐도 괜찮을는지, 바다 건너 도착한 귤 상태가 어떤가 사진을 좀 찍어서 보내달라고 아버지는 여러 번 머뭇거리며 내게 부탁했다.

나는 박스를 열어 가장 겉모양이 멀쩡한 귤 다섯 개를 겨우겨우 골라, 사진 한 장을 찍어 보냈다. 맛있게 잘 먹겠다는 문자와 함께. 하지만 박스 안에 가득 들어 있는 귤들은 대부분 짓물러 있는 상태였다. 커다란 냉장고도 서늘한 베란다도 없는, 작은 자취방 안에서 귤은 속수무책으로 썩어갔다.

그해 겨울, 나는 곰팡이가 핀 채 썩어가는 귤들을 치우지도 않고 그대로 방치하면서 줄곧 아버지를 생각했다. 꽁꽁 얼었다 녹아버린, 진한 과즙이 다 빠져나가고 썩기 직전의 냄새가 나는 물컹한 귤 알맹이를 하나씩 입에 넣을 때마다 아버지의 약속도 하나씩 떠올랐다.

내년이 되면 피아노를 사 주마, 내년이 되면 컴퓨터를 사 주마, 어린 날에 들었던 그 약속들은 지켜지지 않을 걸 알면서도 들을 때마다 어찌나 가슴이 설렜던지. 머리가 굵어지면서부터는 오빠와 나를 앉혀 놓고 진지하게 당부하기도 했다. 고생은 올해까지다, 내년이 되면 형편이 지금보다 나아질 테니 아무 걱정 말거라. 대학등록금과 기숙사비를 걱정하던 내게 이르시던 말은, 역시나 지켜지지 않을 약속인 것 같아 가슴 저릿하면서도 그냥 곧이곧대로 믿고만 싶었다.

희망의 불씨가 다 타버렸을 때, 손에 쥔 것이라고는 아무것도 없이 서글플 때, 아버지는 섬의 남쪽 산자락 버려진 땅에서 새로운 꿈을 키워 나갔다. 돌을 골라내고 잡초를 뽑았다. 묘목을 심고 거름을 주었다. 서귀포의 햇살 아래 아버지의 피부는 검게 그을렸고 나뭇가지마다 열매는 향긋한 과즙을 품고 노랗게 영글어갔다. 땀을 흘린 만큼 결실이 맺히기만 한다면 얼마나 좋을까. 모양 좋고 당도 높은 귤이 주렁주렁 열린 해에도 감귤 값이 폭락하면 도리가 없었다. 아버지는 시장에 팔지 못할 열매의 모가지를 당신 손으로 직접 잘라내야 했다. 턱, 턱, 주황빛 감귤이 검은 흙바닥 위에 떨어져 뒹굴 때 아버지는 어떤 심정이었을까.

철없을 적엔 아버지가 원망스럽기만 했다. 모든 실패가 다 아버지 탓인 줄만 알았다. 내가 자라면, 어른이 되면, 내 인생에 실패는 없을 줄 알았다. 하지만 성인이 되어 맞닥뜨린 나의 삶도 크게 다르지 않았다. 억울한 일도 여러 번이었고, 꿈이 꺾이기도 여러 번이었다. 이제 그만 꿈을 포기하고 돈을 좇아야 할 것 같은데, 또 막상 현실에 뛰어든다고 돈이 마음대로 벌리는 것도 아니었다. 앉아서 숨만 쉬어도 월세가 턱턱 빠져나가는 자취방. 그 안에서 나는 아버지의 귤 상자를 여러 번 생각했다. 방 한구석에서 썩어가던 귤. 귤마다 피어나던 곰팡이. 꼭 만 원짜리 지폐처럼 푸르뎅뎅했던 곰팡이의 색깔.

어느 영화에선가 책에선가, 인생은 초콜릿 상자와 같다는 표현을 접한 적이 있다. 우리 가족에게 인생이란 한 상자의 귤과 같은 것이었다고, 나는 말하고 싶다.

마음먹은 대로 잘 살아지지 않는 삶. 최고의 것을 주고 싶었지만 줄 수가 없는 삶. 아무리 시간을 들여 노력해 보아도 어김없이 몇 개는 썩어버리고 마는, 그런 귤 상자 같은 삶.

그리고 오늘, 또다시 귤이 왔다. 이번에는 두 박스다.

10kg 상자 두 개를 현관 안으로 나르고 나서, 엄마에게 한 번 아버지에게 한 번 전화를 드렸다. 두 분의 이야기는 같은 패턴으로 이어졌다.

이번엔 모양이 좀 좋지 않다, 그래도 속 알맹이를 먹어 보니 맛은 나쁘지 않다, 이제 며칠 있으면 한동안은 모양이 예쁜 귤만 계속 따야 한다, 그때 다시 예쁜 거로 보내겠지만, 어쨌든 지금 보낸 것도 맛은 괜찮다…….

긴 긴 말끝에 붙은 마지막 문장마저 두 분은 똑같았다.

귤이 참 많이 열렸는데, 하필 올해엔 감귤 값이 폭락이라 제값 받기는 어렵겠더라…….

귤은 아직 썩지 않았다. 하지만 새벽 4시에 일어나 밤 12시까지 일하다 잠이 드는 부모님의 하루를 생각하고 있노라면 꼭 내 심장 한 귀퉁이에서 곰팡이 냄새가 나는 것만 같다. 폭설이 내렸던 겨울, 내 좁은 자취방 안을 가득 메웠던 그 쿰쿰한 냄새가.

오늘 몇몇 지역에 첫눈이 내렸다는 소식을 들었다. 내가 있는 부산에는 비가 내렸다. 그리고 한라산에는, 하얗게 눈이 쌓였겠지.

부모님이 보내실 올겨울이 너무 춥지 않기만을 바랄 뿐이다.

설탕이 소복소복

한 해를 살아낸 것을 축하해

크리스마스이브부터 12월 31일까지는 일 년 중 가장 설레는 기간이다. 기쁨과 설렘으로 가득한 연말, 눈까지 내린다면 얼마나 좋을까 싶어 자꾸만 일기예보를 검색해 본다.

첫눈 소식을 기다릴 때면 자연스레 떠오르는 기억이 있다. 2013년, 부산에 내려와 처음 맞게 된 겨울. 당시 나는 보증금 50만 원에 월세가 45만 원인 부전동 원룸에 살았다. 월세가 저렴한 곳으로 옮기고 싶었지만 그러자면 보증금을 늘려야 했고, 나에겐 그럴 만한 여윳돈이 없었다.

TV도 노트북도 없이 그저 천장만 바라보며 누워 있노라면 좁은 자취방은 텅 빈 종이상자처럼 허전하기만 했다. 밤이 깊어도 잠이 오지 않았다. 낡은 담요를 어깨에 두른 채 창문을 살짝 열어 보았다. 한 뼘만 한 틈으로 찬 공기가 밀려들었다. 검은 포장지 같은 밤하늘 아래로 하얀 결정이 나풀거리고 있었다. 첫눈이었다. 부산에서 보기 힘들다는 눈송이가 바람에 실려 나에게 다가올 듯 멀어질 듯 어둠 속을 떠돌고 있었다.

창문을 닫고 다시 침대에 눕자 아무도 열어 보지 않는 상자 안에 홀로 갇힌 기분이었다. 세상엔 온통 설탕 가루 같은 눈이 쏟아지는데 내 인생은 더없이 씁쓸하기만 했다. 이십 대 후반. 주거 빈곤층. 금융채무 불이행자. 나를 설명하는 단어들이 어둠 속을 부유하는 눈송이처럼 하염없이 머릿속을 떠돌았다. 무엇 하나 이루지 못한 채 한 해를 보내고 또 새해를 맞이한다는 사실이 나를 두렵게 했다.

스무 살, 외식조리학과에 입학할 때 나의 목표는 아름다운 디저트를 전문적으로 만드는 파티시에가 되는 것이었다. 중학생 시절 친척 집에 놀러 갔다가 〈에쎈〉이라는 잡지를 펼쳐본 후로 줄곧 키워 온 꿈이었다. 주부들을 타깃으로 한 요리 잡지였는데, 음식 사진을 구경할 요량으로 한가롭게 넘겨 보다가 어느 한 페이지에 완전히 매료되고 말았다. 이대 앞에 있다는 유명한 케이크 전문점 네 곳을 소개하는 기사였다. 색색의 과일을 얹은 타르트며 흐트러짐 없이 반듯하게 잘린 치즈케이크며, 당시에 우리 가족이 동네 빵집에서 사던 생일케이크와는 차원이 달랐다. 잡지에 실린 조각케이크 사진이 모두 하나같이 반짝반짝 예쁘고 새로운 것들뿐이었다. 그 페이지를 홀린 듯이 몇 시간이나 바라보며 지면을 쓰다듬었다. 가슴이 두근거렸다. 내가 가야 할 세계가 바로 그곳인 것만 같았다. 나는 잡지 페이지를 조심스럽게 찢어 집에 가져왔다. 40매짜리 클리어파일 제일 첫 장에 그 페이지를 끼워 넣었다. 그때부터, 디저트 세계를 향한 나의 꿈 스크랩이 시작되었다.

대학에서는 물론 많은 것을 배웠다. 이탈리안과 프렌치, 한식과 일식, 중식, 세계 각국의 요리를 배우는 실습 커리큘럼 중에는 내가 기대했던 제과 수업도 있었다. 파트 아 슈, 크렘 파티시에르, 밀푀유처럼 간지럽고 설레는 이름을 가진 반죽과 크림과 과자들의 레시피를 익혔다. 달콤하고 상큼한 맛의 레몬 머랭파이나 깊고 진한 맛의 쇼콜라 퐁당을 만들 때면 정신이 혼미할 정도로 행복했다.

하지만 수업은 수업이었을 뿐 나는 진로를 설계하는 데 서투른 아이였다. 단발머리 여중생이 한껏 부풀려 놓았던 꿈은 거품처럼 한순간에 사그라들고 말았다. 이십 대 초반부터 이십 대 중반까지 대체 어떤 일이 있었던 건지 나는 지금도 정확히 알지 못한다. 문득 정신을 차려 보니 어느새 이십 대 후반. 한 가지 확실한 것은 이제 달콤함과는 거리가 먼 세계에 툭 던져져 버렸다는 사실이었다.

얼마 전, 서유미의 소설 「에트르」를 읽다 예전의 나와 닮은 주인공을 만났다. 주인공은 백화점 지하 1층 제과점의 아르바이트생이다. 연말이 다가오자 백화점은 사람들로 북적이고, 화려하게 장식된 케이크가 날개 돋친 듯 팔려 나간다. 하지만 주인공은 자신이 파는 케이크를 먹어 본 적이 없다. 주인공의 처지는 달콤한 세계와는 멀리 떨어져 있다. 쉼 없이 일해도 삶은 나아질 기미가 보이지 않고, 집주인은 새해부터 월세를 올려 받겠다는 통보를 해 온다. 12월 31일, 주인공은 자신을 위해 큰맘 먹고 케이크를 산다. 그마저도 '30% 세일' 스티커가 붙은 것이다. 그러나 그날 밤, 이사 갈 집을 알아보기 위해 찾은 낯선 동네에서 주인공은 들고 있던 케이크를 떨어뜨리고 만다.

소설 속 주인공의 나이는 서른. 먹먹한 심정으로 첫눈을 바라보던 나와 지금의 나, 그 둘 사이의 나이다. 「에트르」를 예전에 읽었더라면 책을 붙잡고 울었을지도 모른다. 그러나 서른을 지나 읽게 되니 언니로서 주인공을 보듬어주고 싶단 마음이 먼저 들었다.

뭉개진 케이크 위에 촛불을 밝히고 주인공의 등을 어루만져 주고 싶다. 한 살 나이를 먹는다는 게 꼭 그렇게 초조하고 불안한 일만은 아니라고, 무사히 한 해를 지나온 것을 축하한다고 이야기해 주고 싶다. 그것은, 과거의 나에게 전하고 싶은 말이기도 하다.

열두 달을 꼬박 알차게 쓰면서 한 해의 결실을 보기란 쉽지 않다. 주방에서 케이크를 굽는 일이 그러하듯이. 오차 없이 재료를 계량하고, 달걀과 설탕을 섞어 거품을 올리고, 반죽을 혼합해 오븐에 구워내는 기나긴 과정 끝에 비로소 케이크 하나가 탄생한다. 이렇게 정성을 들인 작품에 파티시에는 슈거파우더로 마지막 손길을 더한다. 빨간 딸기를 소담스럽게 얹은 타르트 위에, 구름처럼 폭신폭신한 시폰케이크 위에, 흰 눈처럼 아름답게 뿌려지는 가루는 작품 하나가 완성되었음을 알리는 피날레다.

잘 세공된 보석처럼 반짝이는 모습으로 진열대에 놓이는 케이크가 아니더라도 상관없다. 파운드케이크 윗면이 살짝 타버렸을 때, 애플파이 한 귀퉁이가 부서졌을 때, 생크림으로 장식한 생일케이크가 어쩐지 울퉁불퉁 못나 보일 때에도, 슈거파우더를 솔솔 체에 쳐서 뿌려주면 허물은 가려지고 매력은 더해진다.

연말은 그런 시간이다. 지나온 날들 위에 슈거파우더를 뿌리듯, 결점은 잠시 덮어 두고 한 해의 완성 그 자체를 축하하는 시간.

내가 부산에 온 첫해에 눈 구경을 할 수 있었던 것은 지금 생각하면 하늘이 내린 선물이었다고 여겨진다. 나 자신이 찌그러지고 뭉개진 케이크처럼 느껴지던 순간에, 세상에는 하얀 눈송이가 소복소복 쌓였다.

나는 이제 그 시절을 아름답게 회상한다. 암울했던 이십 대의 나를 끌어안을 수 있게 되었고, 당찬 십 대였던 나에게 미안해하지 않아도 될 새로운 꿈도 생겼다. 그 꿈을 언제 이루게 될지는 모르겠다. 살다 보면 또다시 거품처럼 사그라들 수도, 어쩌면 매해 꿈의 궤도를 수정해야 할 수도 있다. 어찌 되었든 분명한 사실은 한 해를 살아냈다는 것, 여전히 꿈꾸고 있다는 것. 나의 반짝반짝 빛나는 청춘에 하얀 설탕가루가 뿌려지는 상상을 한다. 나라는 멋진 케이크 위에 하얀 가루가 뿌려지는 상상. 달콤하고 눈부신 결정이 소복소복 쌓이는 상상. 생각만으로도 입가에 달콤한 미소가 번진다.

비릿한 온기

섬을 떠나서 닿은 새로운 바다

이십 대의 끝자락에 내가 자리를 잡은 곳은 짠 내가 물씬 풍기는 바닷가였다. 부산, 그중에서도 송도 해수욕장이 있는 암남동. 푸른 바다 왼편으로는 구름 모자를 눌러쓴 영도가 보였다. 섬이 답답해 육지로 떠나와 놓고는 바다 가까이에 방을 구하다니 참 이상한 노릇이었다. 하지만 언제라도 바닷바람을 실컷 맞을 수 있는 이곳에 와서야 나는 타향살이에 지쳐 있던 마음이 편안해짐을 느꼈다.

막 이사를 마쳤을 무렵, 집 근처 시장 입구에서 막걸릿집 하나를 발견했다. 테이블이 몇 되지 않는 작고 허름한 가게인데 오가며 힐끗 곁눈질을 해 보면 그 안은 언제나 어르신들로 북적였다. 하루는 호기심을 못 이겨 직장동료와 안으로 들어갔다. 그런데 벽에 걸린 메뉴판이 놀라웠다. 정구지전, 닭똥집, 오뎅탕, 홍합탕… 안주의 종류는 전혀 새로울 것이 없었지만, 가격이 전부 오천 원 아니면 만 원이었다.

대전에서 대학을 다니던 시절이 떠올랐다. 친구와 나는 수중에 만 원이라도 생기면 단골 막걸릿집으로 달려가곤 했다. 학생들 주머니 사정에 맞춰 저렴한 안주를 파는 곳이었다. 만 원 한 장이면 닭발 한 접시에 대나무통술 한 병을 시켜 둘이서 딱 기분 좋게 취할 수 있었다. 하지만 졸업을 하고부터는 '만 원의 행복'을 누릴 수 있는 술집을 찾기가 쉽지 않았다. 직장 생활을 시작한 이십 대 후반. 아직 동네는 낯설고 지갑은 얇기만 했다. 그러던 차에 값싼 안주 파는 곳을 발견하게 되다니 어찌나 반갑던지!

첫 주문은 생선구이였다. 만 원짜리 한 접시에 조기 일곱 마리가 구워져 나왔다. 손바닥만 한 크기지만 개수로 따지면 넉넉한 양이었다. 노릇노릇하게 튀겨진 껍질 색과 고소한 냄새가 식욕을 자극했다. 젓가락으로 생선 살을 한 점 집어 입에 넣었다. 짭조름하게 간이 밴 따끈따끈한 살점이 부드럽게 씹혔다. 우리는 한껏 신이 나서 양은 사발에 막걸리를 부어 짠짠 부딪치고 호기롭게 쭉 들이켰다. 그 순간, 뒤에서 걸걸한 목소리가 들려왔다.

"하이고오, 물 줄 모르네. 누가 생선을 그래 파 묵노."

주인아주머니였다. 생선 살을 발라 먹는 폼이 영 탐탁지 않은 모양이었다.

"등치는 다 커가꼬, 생선도 뽈가 물 줄 모르나!"

아주머니는 내 등짝을 찰싹 후려치고는 맨손으로 생선을 덥석 잡아 살을 바르기 시작했다.

"사장님, 뜨거워요! 저희가 할게요."

당황해서 외쳐 봐도 소용없었다. 이윽고 살을 제대로 '뽈가 묵는' 법에 대한 강연이 시작되었다. 등지느러미 부분에 손가락을 갖다 대고 살살 누르기 시작하면 뼈와 생선 살 사이에 틈새가 조금씩 벌어지면서 마침내 뼈를 중심으로 좌우가 갈라진다. 포를 뜬 것처럼, 생선 살이 두 개로 얌전히 나뉘는 것이다.

우와, 신기하다, 감탄을 연발하며 어설프게나마 따라 해 보았다. 아주머니는 족집게 강사였다. 초급자인 나도 가시 하나 없이 생선 살만 말끔하게 발라낼 수 있었다. 아주머니는 거침없는 손놀림으로 그 뜨거운 생선구이를 서너 마리나 발라 주었다. 감사하다고, 이제 괜찮다고, 저희끼리 알아서 먹을 수 있다고 여러 번 말씀드렸지만 들은 척도 하지 않았다. 자신이 만족할 만큼 넉넉히 살을 발라내고 나서야 유유히 주방으로 돌아갔다.

그 뒤로 자주 가게를 찾아갔다. 두부김치나 해물파전도 맛있었지만 내가 첫 번째로 주문하는 메뉴는 언제나 생선구이였다. 혼자 살을 잘 발라 먹을 수 있으면서도, 아주머니가 생선구이 한 접시를 상 위에 탁! 내려놓고 갈 때마다 혹시 발라 주시지는 않으려나 내심 기대하곤 했다.

하지만 겨울이 되자 차츰 발길이 뜸해지고 말았다. 공간이 협소한 탓에 사방에서 냉기가 스며들어 무릎을 달달 떨며 막걸리를 마시다 서둘러 나왔던 것이 마지막 기억이다. 시간이 흘러 버스 정류장에 벚꽃잎 휘날릴 무렵, 시장 앞을 지나다 보니 그곳은 어느새 국숫집으로 바뀌어 있었다.

그로부터 벌써 몇 년이 지났다. 나는 또 낯선 곳으로으로의 이사를 앞두고 있다. 어느 동네든 골목골목 걷다 보면 돈 몇 푼 없는 나그네를 위한 술집 한 군데쯤은 있기 마련이다. 새로운 술집을 찾아내는 일은 기쁨이기도 하다. 그러나 기온이 영하로 뚝 떨어진 요즘, 예전의 그 막걸릿집이 유독 생각나는 것은 왜일까.

제주가 고향인 우리 가족에게 생선구이는 흔한 반찬이었다. 엄마가 밥 위에 올려 주는 고등어 살이나 삼치 살을 먹으며 무럭무럭 자라 스무 살이 된 나는, 부모 곁을 빨리 떠나고만 싶었다. 더 넓은 세상을 향해 푸득푸득 헤엄쳐가고 싶었다. 그때는 알지 못했다. 자취는 혼자 생선 살을 발라야 하는 일이라는 걸.

바다 없는 대전에 살다 부산에 왔을 때, 술집에서 만난 비릿한 것은 나의 향수를 자극했다. 타향에서 의원이 맥을 짚어주는 동안 '고향도 아버지도 아버지의 친구도' 다 만났다는 백석의 이야기처럼, 타향 막걸릿집에서 나는 고향도 어머니도 어린 날의 행복도 전부 만났던 셈이다.

억양은 거세지만 얼굴은 더없이 선하기만 하셨던 주인아주머니의 안부가 새삼 궁금해진다. 맨손으로 거침없이 뜨거운 생선을 만지는 투박하면서도 정겨운 마음씨가, "하이고오, 생선도 뿔가물 줄 모르나!" 하고 야단을 치시던 목소리가, 짭조름한 생선 살점보다도 더 술맛 당기게 하는 안주였다는 사실을 너무 늦게 깨달았다.

지금은 사라져버린 그곳으로 달려가 생선도 못 '뿔가 묵는' 꼬맹이인 척 태연히 앉아 있고 싶다. 나의 등짝을 후려치던 그 손길에 담긴 온기를, 다시 한번 느끼고 싶다.

부엌에서 쓰는 편지 2 시들어버린 배춧잎 같은 당신에게

이번 크리스마스에는 노량진 수산시장에 가자고, 이수가 수건을 개며 말했다.

— 노량진?

도화가 부엌에서 섬초 시금치를 다듬다 고개 돌렸다. 부엌이라 해봐야 거실에서 몇 발자국 거리이지만 건너편 상대에게 말할 땐 목소리를 조금 높여야 했다.

— 김애란, 「건너편」 중에서

(『바깥은 여름』, 문학동네, 2017, 85쪽)

올겨울 부산 날씨는 그리 추운 편이 아니었던 것 같은데, 그만 지독한 감기에 걸려 며칠을 앓았습니다. 몸이 한결 나아진 뒤에도 달아난 입맛은 돌아올 줄을 모르더군요. 엄마와 통화하며 병원에서 수액 맞은 얘길 했더니

'너도 이제 나이가 드는구나' 하며 웃으셨어요. 아, 그런 건가 싶었습니다. 새해가 지났고, 또 한 살을 먹었으니 이제 서른다섯. 아직 젊다면 젊은 나이지만 예전처럼 돌도 씹어 먹기에는 버거운 나이, 한 번 앓을 때마다 내 몸은 내가 알아서 챙겨야 한다는 걸 절실히 깨닫는 나이니까요. 말하자면, 저도 이제 '풀 먹으면 속이 편한' 나이에 가까워진 셈이죠. 삼십 대 중반을 지나고 있던 당신과 '도화'처럼요.

오늘은 퇴근길 마트에 들러 섬초 시금치 한 봉을 샀습니다. 당신과 '도화'가 섬초 시금치나물을 먹고 편안하게 잠이 들었듯이, 저도 몸 구석구석 푸르른 기운을 쬐고 푹 쉬고 싶었거든요. 매서운 바닷바람 속에서도 꿋꿋하게 자라난 질긴 생명력을 가진 푸른 잎사귀. 그런 이미지를 상상하며 봉지를 풀었건만, 한 봉을 다 탈탈 털어 보아도 모양이 성한 시금치는 찾기가 어려웠어요. 줄기가 부러진 것은 예사였고, 간혹 이파리가 두세 장쯤 뜯겨나간 것도 있었지요. 뭐, 어쩔 수 없는 일이다 싶어요. 한창 자라났을 무렵엔 어땠을지 모르나 도시로 실려 온 시금치들은 비닐 안에 욱여넣어진 채로 마트의 형광등 불빛 아래 하룻밤을 보냈을 테니까요. 시들시들한 시금치를 찬물에 푹 담갔다가 흐르는 물에 씻기 시작했습니다. 시금치가 품은 흙을 전부 헹궈내는 데 시간이 한참이나 걸려, 손이 점점 시려왔어요.

도화가 수심 어린 얼굴로 찬물에 시금치를 담갔다. 한겨울 눈바람을 맞고 자란 풀들이 도시의 수돗물을 머금자 꽃처럼 부풀었다.

— 김애란, 「건너편」 중에서

(『바깥은 여름』, 문학동네, 2017, 85쪽)

당신이 만났던 연인의 이름은 '도화'였지요. 소설 첫 페이지에서 그 이름 두 글자를 본 순간, 저는 '복숭아꽃'을 떠올렸습니다. 한편, 당신의 이름 '이수'에선 아무것도 연상하지 못했지요. 그런데 서울 사는 친구에게 소설 속 주인공 이름이 '도화'와 '이수'라고 했더니 '지하철역 이름이랑 같네?'라며 대번에 말하더라고요.

당신의 이름에서 지하철 역명을 떠올리지 못했던 것은 어쩌면 제가 서울에 뿌리 내리지 못한 사람이기 때문인지도 모릅니다. 그래요, 저도 한때는 한국의 중심, 그중에서도 서울의 중심이라는 곳에서 일하는 꿈을 꾸었답니다. 그게 얼마나 이루기 힘든 꿈인지 제대로 알지도 못하면서요. 서울에 있는 대학에 가고 싶었고, 서울에 있는 회사에 취직해 당당하게 서울에 방 한 칸 얻어 살고 싶었지만, 서울과 나 사이에 투명한 벽이라도 놓여 있는 것인지 번번이 그곳에 속하지 못하고 튕겨져 나오고 말았답니다.

시험 준비에 매달려 눈부신 청춘을 다 흘려보내고도 또다시

어둡고 시린 겨울을 보내야만 했던 당신. 매일 아침 서울의 중심을 향해 출근하는 '도화'와 달리 한강 건너 노량진으로 향해야 했던 당신의 마음은 어땠을까요. 아무리 노력해도 가닿을 수 없었던 건너편으로 가기 위해 보이지 않는 희망을 움켜쥐어야 했던 당신의 절박한 심정을, 저는 결코 다 헤아릴 수 없겠지요.

도화는 노량진이라는 낱말을 발음한 순간 목울대에 묵직한 게 올라오는 걸 느꼈다. 단어 하나에 여러 기억이 섞여 뒤엉키는 걸 알았다. 서울시 동작구 노량진동 안에서 여러 번의 봄과 겨울을 난, 한 번도 제철을 만끽하지 못하고 시들어간 연인의 젊은 얼굴이 떠올랐다. (…) 이수는 이제…… 어디로 갈까? 도화가 목울대에 걸린 지난 시절을 간신히 누르며 마른침을 삼켰다.

— 김애란, 「건너편」 중에서

(『바깥은 여름』, 문학동네, 2017, 117~118쪽)

소설의 마지막 장을 덮고 난 뒤로 꽤 오랫동안 당신을 걱정했답니다. '정말 딱 한 번만. 내년 여름까지만'이라고 말하던 당신이 결국 어떻게 되는지 알려 주지 않은 채 이야기는 겨울에서 끝나버렸으니까요. 책을 읽을 때 늘 그래왔듯 이번에도 주인공의 행복을 빌어 주고 싶었지만, 페이지 어디에서도 당신이 행복해지리란 단서는 찾을 수 없었어요.

아마 그래서 국어사전으로 '이수'라는 단어를 찾기 시작했던 것 같습니다. 소설 속에서 찾을 수 없다면 소설 바깥에서라도 행복의 단서를 찾아내고야 말겠다는 집념으로요. 그리고 국어사전의 아홉 번째 뜻풀이를 읽었을 때 하나의 가능성을 발견할 수 있었어요. 이수(梨樹). 배나무.

그 순간 당신은 복숭아꽃과 짝이 맞는 배꽃의 이미지로 저에게 다가왔습니다. '이수'라는 이름을 떠올리기만 해도 바람에 흩날리는 하얀 배꽃잎들이 눈앞에 선하게 그려졌지요. 당신과 '도화'는 회색빛 도시에는 어울리지 않는 여리디여린 식물성 존재들처럼 느껴졌으니까요. 저에게는 「건너편」이라는 소설이, 눈부시게 피어야 할 청춘의 시기에 제대로 한 번 피어보지도 못하고 노량진을 떠돌다 시들어가야 했던 꽃송이들의 절절한 사연으로 읽혔으니까요.

그리고 인터넷으로 자료를 검색하다 또 다른 사실을 알게 되었습니다. 우연하게도, 어쩌면 그래서 더 잔인하게도, 복숭아꽃과 배꽃은 같은 시기에 피어나더군요. 따스한 봄볕이 내리쬐는 4월 중순 무렵에요. 그러니까 만약에 정말로 '도화'가 복숭아꽃, 당신이 배꽃의 운명을 타고난 것이라면, 당신보다 '도화'가 먼저 열매를 맺고 사회인으로서 자리 잡은 것도 어쩔 수 없는 일이겠구나 싶어 납득하기도 했답니다. 그건 무척 허탈한 납득이었지요. 복숭아는 여름이 제철이고, 배는 가을이 제철이니까, 어쩌겠어요. 아무리 버둥거려 봐도 소용 없는 것을. 당신은 더디 오는 자신의 제철을 기다리며, 저 건너편에서 먼저 탐스럽게 익어가는 복숭아의 모습을 가만히 지켜볼 수밖에요.

시금치를 한 소쿠리 가득 건져 놓고서, 칼끝으로 뿌리를 긁어내기 시작합니다. 소설에서 '섬초 시금치'라는 단어를 읽었을 때에는 왜 시금치의 초록빛만 떠올렸는지 모르겠어요. 뿌리는 이렇게 분홍빛을 띠고 있는걸요. 뿌리와 맞닿은 줄기의 밑동도 역시 붉은 자줏빛입니다. 꽁꽁 얼어버린 손으로 시금치 손질을 하고 있어서인지, 저는 이 뿌리와 밑동이 긴긴 겨울을 버티고 서 있는 시린 발처럼 느껴집니다. 차가운 눈발 위에 우뚝 선 채로, 모진 바람을 견디느라 빨갛게 얼어버린 발. 뿌리가 튼튼하게 버텨 주었기에 겨울의 한복판에서 해풍을 맞으면서도 시금치는 여러 가닥의 줄기를 뻗으며 무성한 이파리들을 키워낼 수 있었구나 싶어요.

냄비의 물이 끓기를 기다리는 동안 다시 한번 시금치를 유심히 들여다봅니다. 이제는 당신에게 어떤 말을 건네면 좋을지 어렴풋이 알 것도 같습니다.

당신은 지금 어디에 있나요. 어디로 가고 있나요.

당신이 얼마나 빠르게, 혹은 늦게 결실을 보게 될지 저는 함부로 예견할 수 없습니다. 다만 당신의 제철이 아직 오지 않았다는 그 사실만을 알고 있을 뿐입니다.

당신의 제철이 올 때까지 앞으로 통과해야 할 계절이 몇 개가 더 남았을지라도, 우리 한번 굳건하게 그 시간들을 견뎌 보면 어떨까요. 시린 겨울을 묵묵히 견뎌온 이 시금치의 붉은 뿌리처럼요. 노란 이파리를 감추고 있어도, 부러진 줄기를 달고 있어도, 지금껏 버텨 왔다는 그 자체만으로도 충분히 아름다운 섬초 시금치처럼.

누렇게 시들어버렸지만 찬란하게 눈부신 배꽃잎 같은 당신을 위해.

추신 : 그러고 보니 아직 내 소개를 하지 않았군요. 저는 '귤꽃' 같은 아이입니다. 그건 귤 농사를 짓는 부모 밑에서 태어난 자식의 거부할 수 없는 숙명 같은 것이죠. 이게 위로가 될지는 모르겠지만 참고로 덧붙이자면, 귤꽃은 배꽃보다 조금 늦게 피어난답니다. 그리고 모두가 알다시피, 배보다 한 계절 더 늦게 제철을 맞이하지요.

식구
食口

서로의 입을 보며 우리는 울고 웃었네

먹을 '식', 입 '구'

: 한 지붕 아래 함께 먹는 사람들

대왕오징어

캄캄한 바다 위 반짝이는 별 하나

어두운 밤, 형광등 불빛 아래 서슬 퍼런 칼을 쥔 엄마의 표정이 결연해 보였다. 엄마는 부엌 바닥에 털썩 앉아 신문지를 깔고 두툼한 나무 도마를 올려놓았다. 커다란 오징어 한 마리가 그 위에 누웠다. 식칼이 시원스럽게 뻗어 나가며 오징어의 배를 쭉 갈랐다. 몸통이 양쪽으로 펼쳐져 널따란 세모꼴이 되었다. 그 너비가 어찌나 컸던지 세모의 양 귀퉁이는 나무 도마의 바깥으로 한 뼘씩이나 튀어나와 축 늘어졌다. 와아—. 엄마 옆에 붙어 앉아 구경하던 오빠와 나의 입에서 동시에 소리가 새어 나왔다. 달뜬 함성이 아니라 크기에 압도되어 탄식처럼 내뱉은 소리였다. 아빠는 대체 뭘 잡아 온 거야. 태어나 처음 보는 크기였다. 그야말로,

대왕오징어였다.

아빠가 낚싯대를 들고 집을 나설 때만 해도 이런 오징어 두 마리를 낚아올 줄은 꿈에도 생각지 못했던 엄마의 손놀림이 분주해졌다. 초장을 새로 만들고, 연녹색 와사비를 개었다. 오밤중에 대왕오징어 파티가 벌어졌다. 네 식구가 먹어 치우기엔 엄두가 나질 않아 엄마의 친구 내외분까지 동원되었다. 성인 넷에 아이 둘이 밥상에 둘러앉아 부지런히 턱을 놀렸다. 두툼한 오징어 몸통을 회로 썰어 먹고, 불판에 구워 먹었다. 그렇게 몇 시간을 먹고도 남아서 다음날 아침상엔 고추장 양념에 볶은 오징어가 반찬으로 올라왔다. 회가 달았다던가, 구운 오징어 맛이 고소했다던가, 그런 기억은 잘 나지 않고 분명한 사실은 오직 하나. 오징어가 컸다는 것. 정말 정말, 무지하게 컸다는 것.

둥근 해가 막 떠올라 수면을 노랗게 적시는 시간. 일렁이는 물결을 보다 손에 쥔 낚싯대는 잊고 까무룩 잠이 들 찰나, 붉은 찌가 자물자물하더니 일순간 훅 하고 밑으로 빨려 들어갔다. 정신이 퍼뜩 깨어 사선으로 낚싯대를 채었다. 손에 걸리는 느낌이 있던가? 허둥지둥 릴을 감았다. 낚싯대 끝을 하늘로 향하게 세웠다 다시 낮추면서 릴을 감고, 줄이 팽팽해지면 다시 낚싯대를 수직으로 세워 또 천천히 낮추면서 릴을 감고. 어느 순간 줄 감는 느낌이 빽빽해졌다. 낚싯대를 지탱하는 오른쪽 겨드랑이에 힘을 꽉 주었다. 낚싯대 끝이 호를 그리며 팽팽하게 휘어졌다. 허탕은 아닌 것 같다. 릴을 감고 낚싯대 끝을 세우는 동작이 힘에 부쳐 손이 달달 떨리기 시작할 때, 컴컴하게만 보이던 바닷속에서 흐릿한 무언가가 가까워지는 것이 보였다. 심장이 쿵쿵 뛰었다.

"어, 어, 어떡해!"

감탄과 비명 섞인 소리를 내지르며 요란법석을 떨었다. 낚싯바늘에 걸린 거대한 물고기가 푸드덕 소리를 내며 수면 밖으로 모습을 드러냈다. 같은 배에 탄 동료의 도움으로 간신히 물고기를 낚싯바늘에서 빼내었다. 요동치는 지느러미에 손이 찔릴 뻔했다. 회색 몸통에 거뭇하게 줄무늬가 그어진, 감성돔이었다.

통영 바다에서 선외기를 타고 해 보는 생애 두 번째 낚시. 삼십 센티가 넘는 감성돔을 낚은 나는 어깨가 하늘로 솟을 지경이었다. 선외기 사장님은 눈금이 새겨진 바닥에 감성돔을 내려놓고 사진을 찍어 주었다. 감성돔 3짜. 아마 내 인생에 다시 없을 최고 기록.

오래전 아버지가 잡았던 오징어도 사이즈를 재어 놓았으면 좋았을 거라는 생각이 들었다. 스마트폰이 없는 시절이니 인증샷을 찍는 것까지는 무리였겠지만, 그래도 줄자를 갖다 놓고 오징어의 길이와 너비를 측정해서 우리 가족의 공식 기록으로 오래오래 남겨 두었더라면 좋았을 거라고.

내가 제주도 출신임을 밝히면, 사람들은 대개 눈빛을 반짝이며 물었다.

"우와, 그럼 다금바리 먹어 봤어요? 다금바리?"

다금바리는 내게도 전설의 물고기나 다름없었다. kg당 몇십만 원이나 한다는 그 물고기는 제주에 사는 동안 한 번도 구경해 보지 못했다. 아주 가끔, 가족 외식으로 횟집을 갈 때에 우리가 찾는 곳은 '스끼다시[13]'가 많이 나오는 가성비 좋은 식당이었다. 관광지에 늘어선 으리으리한 횟집이나 자연산 고급 어종은 우리 가족의 식탁과는 거리가 멀었다.

아버지는 값비싼 낚시 장비도 쓰지 않았다. 어린 시절 내가 본 낚시용품은 간소했다. 면 소재의 얇은 회색 조끼와 낚싯대 두어 개. 어깨에 가방 하나 둘러메고 낚싯대 하나 손에 들고 조끼 입고서 휙, 나서면 그게 전부였다. 내가 고등학교에 입학해 맞은 첫 여름방학이었던가, 아버지가 낚시 장화에 꽂힌 적이 있다. 바닥이 미끄럽지 않은 낚시 장화를 하나 장만하고 싶다며 오일장에서 이거를 들었다 놨다, 저거를 들었다 놨다, 그러고도 쉽사리 결정을 못 하고 돌아와서는 5일이 지난 후 또 오일장에 가서 신발 코너를 서성였다. 나는 아버지에게 장화를 선물하기로 결심했다. 남색 표면이 빤딱거리는, 최고급 고무장화를! 아이처럼 밝은 얼

13 횟집에서 나오는 곁들이 찬. 일본어지만 우리 가족은 '스끼다시'라는 말을 주로 쓰기에 그대로 실었다.

굴이 되어 집에 와서도 몇 번이나 신고 벗고 만지고를 반복하던 아버지의 장화. 그 장화의 가격은 현금 이만 원이었다.

낚시 장화를 선물하던 나이보다 훨씬 더 어렸을 때엔 아빠를 따라 낚시터에서 한나절을 함께 보내곤 했다. 선상낚시를 할 여유가 없었던 아빠가 주로 찾는 곳은 테트라포드가 빼곡히 들어선 방파제. 마치 거인이 갖고 놀다 한 곳에 와르르 쏟아 놓은 레고 조각처럼, 바닷물에 반쯤 잠긴 채 쌓여 있는 거대한 시옷 모양의 도형들은 내게 공포의 대상이었다. 그 밑으로는 깊이를 알 수 없는 바닷물이 흘렀고, 이따금 파도가 공중을 향해 흰 거품을 쏘아 올리며 산산이 부서지기도 했다. 발을 헛디뎌 물속에 빠지는 상상을 하다 겁에 질렸다. 막상 서 보면 그곳은 어린 여자아이의 두 발쯤은 지탱하고도 남을 만큼 넓은 땅이었지만, 무릎이 후들거리는 것을 막을 길이 없었다. 아빠는 어깨에 낚시가방을 메고, 한 손에는 아이스박스를 들고 테트라포드를 평지처럼 지나다녔다. 내가 한 발도 떼지 못하고 굳어 있으면 아빠는 저 멀리 앞서가다가도 다시 돌아와 손을 내밀었다. 나는 아빠가 알려 주는 대로 한 걸음, 아빠가 뻗으라는 곳으로 또 한 걸음, 아빠의 단단한 손에 의지해 용기를 내었다.

사실 '대왕오징어'는 흔치 않은 사건이었다. 평상시의 조황은 작은 물고기 두어 마리가 전부였다. 아빠의 낚싯대에 주로 걸리는 것은 '어랭이'라고 부르는 내 손보다 작은 물고기였다. 가끔은 동그랗게 몸을 부풀린, 아기 주먹만 한 복어가 올라왔고, 종종 쥐포보다 작은 크기의 쥐치도 올라왔다. 일요일 아침부터 꼬박 여덟 시간쯤 기다려도 월척을 낚는 일은 없었다. 물결 위에 흔들리는 찌를 바라보는 일은 지루했고, 간식으로 챙겨 간 보리건빵은 퍼석해서 목이 메었다. 하지만 나는 아빠와 단둘이 있는 그 시간이 좋았다. 테트라포드 위에서의 아빠는 다정한 사람이었다. 허름한 낚시 조끼 차림으로 딸의 손을 잡고 테트라포드를 건너던 그 순간의 아빠는, 아내에게 화를 낸다거나 술을 마시고 소란을 피우는 일이 없는, 번듯하고 든든한 가장처럼 보였다.

아버지는 왜 그리 낚시를 좋아했을까. 어쩌다 한 번 월척을 낚으면 그 '손맛'을 잊지 못해 낚시에 중독된다지만, 내가 경험한 낚시는 대부분이 고행의 시간이었다. 직장 동료들과 함께 떠났던 거제도 어딘가의 방파제. 컴컴한 밤 야광찌 단 낚싯대를 수면에 드리운 채 한참을 앉아 있었다. 춥고, 졸리고, 지루했다. 밤중에 바다를 찾은 낚시꾼이 우리 일행만은 아니어서 어둠 속에 드문드문 야광찌 불빛이 눈에 띄었다. 연둣빛 야광찌가 밤하늘에 가물가물 반짝이는 별처럼 느껴질 즈음, 옛 기억이 떠올랐다. 일고여덟 살 무렵, 아버지와 함께 제주 밤바다를 바라보다 노란 별들이 줄지어 늘어선 광경을 목격한 적이 있다. 꼭 은하수 같았다. 아버지에게 물었다. 왜 저쪽에만 별이 저렇게 많이 모여 있느냐고. 아버지는 수평선을 가리키며 내게 일러 주었다. 저건 별이 아니라, 오징어배에 켜진 불빛이라고. 밤바다 끄트머리에 촘촘히 수놓아진 집어등 불빛은 하늘의 별보다도 더 아름다웠다.

어쩌면 아버지는 삶의 고단함을 잠시나마 잊고 시름을 털어내기 위해 바다를 찾았을지도 모른다. 가장에게 주어진 역할이 낚시와 크게 다르지 않으니까. 목표한 바를 이루기 위해 어둠 속에서 미동도 않고 긴 시간 홀로 견디는 일. 먼발치에 있는 자식들 눈엔 아버지의 모습은 보이지 않고 그저 환한 별 하나가 바다 위에 떠 있는 풍경으로만 보일지라도.

아버지는 이제 나이가 들었고 취미로 낚시를 가는 일조차 없어졌지만, 이 지면을 빌어 우리 집 '김 조사'의 최고기록을 남겨두고자 한다. 나의 아버지는 이만 원짜리 고무장화를 신고도 길이 1미터짜리 대왕오징어를 잡아 오는 사람이었다고. 여럿이 달려들어 밤새도록 먹어도 오징어 살이 줄어들지 않았다고. 어차피 이젠 우리 가족의 마음속에만 남은 추억이니, 아주 약간의 과장을 섞어서.

제기 위의 미수전

거룩한 아득한 슬픔을 담는 것

삶은 돼지고기를 나무 도마 위에서 다질 때 나는 소리에는 경쾌한 리듬이 있다. 타당 탕탕…, 타당 탕탕…. 추석 전날, 음식을 준비하는 할머니의 손끝에선 그렇게 맛있는 소리가 울려 퍼진다. 할머니가 두부를 베주머니 속에 넣고 양손으로 힘껏 쥐어짜기 시작한다. 베주머니 표면에 물방울이 맺히는가 싶더니 주름진 손가락을 타고 희뿌연 물이 뚝뚝 떨어진다. 뽀송뽀송해진 두부를 도마 위에 올려놓고 칼을 눕혀서 곱게 으깬다. 다진 돼지고기와 두부에 갖은양념을 하고 반죽을 치대는 할머니의 손길이 바쁘다. 이 일련의 과정을 악기 연주 감상하듯 멍하니 바라보고 있노라면 곧 나의 차례가 온다. 할머니가 건넨 고기 반죽을 밤톨만 한 크기로 떼어 내어 동글납작하게 빚고, 쟁반 위에 하나씩 늘어놓는다. 그동안 할머니는 고사리를 볶고, 돼지고기적과 소고기적을 지지고, 옥돔을 굽는다.

기름 냄새가 대문 너머까지 흘러갈 즈음이면 세숫대야만 한 낭푼 하나 가득 들어 있던 고기 반죽이 겨우 바닥을 드러내기 시작한다. 남은 고기 반죽의 양을 가늠하면서 나는 내내 굽어 있던 허리를 펴고 자세를 고쳐 앉는다. 앞으로 서너 가지 종류의 전을 더 부쳐야 하고 메밀묵도 쑤어야 하고 할 일이 태산이지만, 이 순간만큼은 잠시 숨을 고르고 손끝을 신중히 움직여야 한다. 소란한 마음속에 오롯이 할아버지 한 분만을 떠올리는 시간.

검지손가락 한 마디보다 조금 크게, 두 마디보다는 조금 작게 고기 반죽을 떼어내어 갸쭉한 모양으로 빚는다. 울퉁불퉁했던 완자가 손바닥 위를 굴러다니면서 매끈하게 모양이 다듬어질 때, 어느 날 밤의 아득한 시간도 손에 잡힐 듯 서서히 윤곽을 드러낸다. 내가 아주 어렸을 적, 희미한 기억 속의 그 밤이.

"이것만 하지 말앙 돌돌이도 호끔 만들주."(※이것만 하지 말고 돌돌이도 조금 만들지.)

술안주였을지 밤참이었을지, 소반 위의 완자전을 보고 할아버지께서 하신 말씀이었다. 대체 '돌돌이'가 무엇인지 몰라 할머니와 엄마는 몇 번을 되물어야 했다. 그리고 그날 밤, 달걀지단에

'돌돌' 말아 부친 길쭉한 생김새의 보드라운 완자전이 내 입속에도 들어왔다. 단란하고 포근한 밤이었다. 식구들이 할아버지 곁에 모여 앉아 '돌돌이'를 먹던 그 밤은.

한약방을 하셨던 할아버지는 내가 군것질거리를 찾아 칭얼거릴 때면 말없이 감초 한 조각을 입에 넣어 주시곤 했다. 초콜릿이나 사탕처럼 강렬한 단맛은 아니지만, 입안에 넣고 있으면 오래도록 퍼져 나오던 향긋하고 은은한 감미. 할아버지와 함께 무언가를 오물거리는 밤은 그렇게 감초 한 조각 같은 은은한 단내가 퍼지는 시간이었다.

그러나 달콤한 나날은 길게 이어지지 못했다. 내가 갓 유치원에 입학했을 무렵 할아버지는 돌아가시고 말았다. 제대로 된 작별 인사도 하지 못한 채였다. 그리고 시간이 흘러 사춘기가 시작될 즈음, 아버지와 핏줄이 이어진 진짜 생부가 따로 있었다는 사실을 알게 되었다. 본가의 할아버지와 할머니는 물론이고 모든 친척이 날 따스하게 대해 주셨지만, 나는 한동안 새로운 가족들에게 마음을 열지 못했다. 이십 년 넘는 세월이 지난 지금도 명절이 되면 돌아가신 할아버지 생각이 먼저 난다.

'돌돌이'의 진짜 이름을 알고 싶어 인터넷을 뒤진 적도 있다. 몇 시간을 검색해 겨우 찾아낸 이름은 '미수전'. 지금은 많이 잊혀버린 제주도 향토 음식이었다. 제사상에 올릴 돼지고기적을 만들기 위해 고기를 삶아 길쭉하게 썰고 나면 늘 자투리가 남기 마련인데, 그 작은 부스러기들까지도 버리지 않고 활용하기 위해 고안된 요리라고 한다. 나는 타지의 자취방에 홀로 앉아 스마트폰 액정 너머로 그 인터넷 기사를 오랫동안 들여다보았다. 오래전 할아버지가 밤참으로 미수전을 자시고 싶어 했던 이유를 그제야 알 것 같았다.

이름도 가물가물해 '돌돌이'라 설명해야 했던 그 음식은 할아버지에겐 어린 날의 향수였을 것이다. 제사가 끝나고 난 뒤 남녀노소 누구나 돼지고기를 맛볼 수 있도록 하는 것이 음복의 원칙이었다고 하니, 소로록 잠이 들었다 깬 어린아이 입에 누군가 미수전 한 점을 물려 준 게 아니었을지. 졸린 눈 비비며 오물오물 받아먹는 미수전의 보들보들한 감촉과 고소한 맛은 그 시절 자주 접할 수 없는 별미였을 테다.

귀한 돼지고기를 고루 나눠 먹을 수 있도록 만든, 지혜롭고도 자애로운 음식 미수전. 나의 할아버지는 꼭 그 미수전을 닮았다. 혼사도 치르지 못하고 아들을 낳아 마음이 부서진 채 살았을 한 여자의 생에 따뜻한 위로가 되어 주셨던 분. 피 한 방울 섞이지 않은 식솔들을 제 새끼인 양 거두고 누구에게나 공평하게 사랑을 나눠 주셨던 분.

그래서 명절날이면 어설픈 솜씨로나마 할머니와 함께 음식 준비를 하고, ‘돌돌이’를 만든다.

달걀물을 숟가락으로 떠서 프라이팬 바닥에 닿을락 말락 기울여 작은 원을 그려 본다. 천천히 천천히, 숟가락으로 원을 키워나간다. 보들보들한 개나리색 이불 같은 그것이 덜 익지도 너무 마르지도 않았을 때 완자를 올려 돌돌 말아야 하기에, ‘돌돌이’를 만들 땐 지단에서 눈을 뗄 수가 없다. 욕심을 내어 한 번에 두 개씩 부치려고 하다 보면 여지없이 모양이 망가진다.

전기 프라이팬 앞에 쪼그려 앉아 말소리 한 번 내지 않고 자꾸만 자꾸만 다시 원을 그린다. 내일 밤 떠오를 보름달처럼 노란 달 하나가 검은 프라이팬 위에 차오른다. 어린 시절의 기억도 그 위에 아련하게 펼쳐진다. 아득하게 눈앞이 흐려질 즈음, 완자 한 점을 올려 돌돌 감고 나풀거리는 양 귀퉁이를 숟등으로 지그시 누른다. 아무리 정성껏 만들어도 꼭 서너 개는 한 귀퉁이가 비뚤어지고 만다. 좀 더 예쁘게 만들면 좋았을걸. 후회 섞인 한숨을 살짝 내뱉으며 채반 위에 ‘돌돌이’를 옮겨 담는다.

늦은 저녁, 차례 준비를 마친 할머니는 상에 올려놓을 액자를 닦는다. 흑백사진 속 신사의 얼굴을 닦고 또 닦는, 할머니의 주름진 손. 그 손끝에 닿은 할아버지의 모습과는 정반대로, 할머니의 머리칼은 이제 하얗게 세어버렸다.

나는 낡은 상자 안에 들어있던 제기를 꺼내어 씻고 마른행주로 닦으며, 백석의 시 「목구」 한 구절을 되뇌어 본다. '한 줌 흙과 한 줌 살과 먼 옛 조상과 먼 훗 자손의 거룩한 아득한 슬픔을 담는 것… 밤 같은 달 같은 슬픔을 담는 것 아 슬픔을 담는 것…'

반들반들하게 닦은 제기들이 상 옆에 차곡차곡 쌓인다. 상에는 할머니가 정성껏 준비한 음식들이 놓여, 얇은 면 보자기를 덮은 채로 '귀신과 호호히 접할' 내일을 기다리고 있다.

면 보자기를 살포시 들춰 '돌돌이'를 들여다본다. 채반에 놓인 '돌돌이' 대여섯 개. 그 옆으로 수북한 생선전과 완자전, 표고전에 비하면 그야말로 구색만 맞춘, 적은 양이다. 한 줌 흙이 되어버린 할아버지께 한 줌 살인 내가 드릴 수 있는 소박한 인사.

백석이 말한 거룩한 아득한 슬픔이란 혈육에게만 통하는 감정은 아닐 것이다. 어쩌면, 기억에서 놓으면 쉽게 잊힐 남이기에 더욱 절절하게 사무치는 마음. 이제 푸르스름한 새벽이 오면 할머니는 그 애절한 마음으로 차례상을 꾸미고 촛불을 밝히리라.

가느다란 향에서 피어오른 연기가 집 안팎에 감돌 때, 제기 위에 단정히 누운 미수전아, 우리 할아버지 만나 내 이야기 전해 주기를. 끝내 드리지 못했던 마지막 인사와 할머니의 안부까지도.

문어숙회

오래 씹어야 느낄 수 있는 투박한 부성애

어린 내 기억 속의 아버지는, 때로 사나운 짐승 같았다. 아버지가 엄마와의 말싸움 끝에 주먹을 휘두를 때면 나는 겁에 질렸다. 그저 엉엉 울 줄밖에 몰랐던 나는 한 살 한 살 나이를 먹으면서, 아버지로부터 엄마를 지키고 싶다는 맘을 키워 갔다. 그러나 나는 여전히 나약했다. 큰 싸움이 벌어질 조짐이 보이기 시작하면 손끝이 파들파들 떨려 왔다. 내가 고등학생이 될 때까지 부부싸움과 아버지의 폭력은 계속되었다. 한 번은 아버지가 휘두른 오이에 맞아 엄마의 이마가 깨졌다. 엄마는 당장 응급실에 실려가 몇 바늘이나 꿰매야 했다. 어느 겨울밤에는 빨간 열기를 뿜어내고 있던 난로를 번쩍 들어 엄마에게 던지려 하기도 했다. 어떤 장면은 더 끔찍하다. 엄마와 마주 보고 싸우던 아버지는, 입에 물고 있던 담배를 거친 욕설과 함께 엄마의 얼굴에 뱉어버렸다. 둘 사이에 끼어 울면서 싸움을 말리던 나는 모든 광경을 그대로 목격해야만 했다.

가장 강렬한 기억은, 그 후 일 년쯤 지났을 때의 사건이다. 당시 나는 할머니 집에 살고 있었고, 일이 바빴던 엄마가 그날따라 할머니 집에 들렀다. 캄캄한 자정쯤 되었을까. 아버지가 술에 만취한 상태로 비틀거리며 현관문을 열었다. 신발을 벗지도 않고 현관에 기대어 선 채로 고래고래 소리를 지르며 엄마를 찾았다. 할머니와 오빠와 내가 아버지를 조용히 달래려고 다가서는 순간, 아버지는 품 안에서 칼 하나를 꺼내 들었다. 낚시를 하러 갈 때 챙겨 가는 손바닥보다도 작은 막칼이었다. 오빠와 나는 아버지가 평소에 그 칼을 얼마나 매섭게 벼려 날을 세워 놓는지 잘 알고 있었다. 겁에 질려 온몸이 굳는 것 같았다. 아버지에게 다가갈 수도 없었다. 진정하시라는 말을 건네는 것보다 얼른 전화기로 달려가 112를 부르는 편이 안전할 것 같았다. 아버지는 소리를 지르며 허공에 칼을 마구 휘둘렀다. 얼음장보다도 찬 공기에 숨이 막혀 올 때, 안방에 숨어 있던 엄마가 등장했다. 엄마는 누가 말릴 새도 없이 한걸음에 아버지에게 다가가 그 울부짖는 짐승을 왈칵 끌어안았다. 그 순간 나는 내 눈을 의심했다. 아버지의 손에서 스스륵 하고 칼이 떨어졌다. 아버지가 네 살짜리 꼬마처럼 목 놓아

우는 모습을 본 것은 그때가 처음이자 마지막이었다. 엄마는 어린아이를 달래듯, 아버지의 머리를 쓰다듬고 등을 토닥였다. 아무도 경찰을 부르지 않았고, 그렇게 그날의 사건은 종결됐다.

'내 아버지는 미친개였다'로 시작하는 이외수의 소설이 있다고 들었다. 그 소설의 줄거리가 어떤 식으로 흘러가는지는 알지 못한다. 첫 문장이 너무나 강렬하게 뇌리에 꽂혔음에도 아직 책을 펼쳐 들지 못한 이유는 어쩌면, 이야기의 결말을 보는 일이 두려워서일지도 모르겠다.

'나는 개자식이다.'

아버지가 종이에 그렇게 써놓은 것을 본 적이 있다. 엄마를 칼로 위협했던 그즈음이었다. 현관 한 귀퉁이에 모아 놓는 폐신문지 더미를 정리하다 우연히 발견한 것이었다. 마치 서예가가 미칠 듯이 붓글씨 연습을 해 놓은 듯, 신문지 위에는 그 슬픈 문장 여러 개가 시커멓게 휘갈겨 쓰여 있었다. 당시 나는 사춘기였다. 속으로는 몇 번이나, 몇 번이나, 아버지를 향해 해선 안 될 말을 내뱉었다 되삼키곤 했다. 하지만 어쩐지 아버지가 스스로를 '개자식'이라고 칭하는 건 전혀 통쾌하지 않았다. 가슴이 먹먹해지는 슬픔이었다. 누구한테 들킬세라 얼른 신문지를 덮어 두고 자리를 피했지만, 종이 위에 토해 놓은 아버지의 검은 눈물은 잊을 수가 없었다. 그때 처음으로 생각해 보게 됐다. 그동안 한 번도 들여다보지 않았던 아버지 내면의 아픈 상처에 대해서.

아버지는 사생아로 태어났다. 그건 본인이 선택할 수 없는 삶이었다. 본인의 잘못이 아니므로, 적어도 세상은 아버지에게 어떤 비난도 냉대도 없어야 했다. 하지만 현실은 그렇지 않았다. 누구보다도 가장 아버지를 아껴 주어야 할 사람, 할아버지와 할머니 양쪽 모두에게 아버지는 사랑을 받지 못하고 자랐다. 폭력과 폭언, 냉혹한 차별. 그것이 우리 아버지의 유년 시절이었다. 처음엔 꿈에도 몰랐다. 그러한 사연이 있었을 줄은. 의지할 곳 없이 홀로 어두운 시간을 통과한 아버지에게 따뜻한 사랑과 구원을 준 사람, 그 단 한 사람이 바로 우리 엄마였던 것이다. 엄마는 아버지의 상처를 감싸 주었다. 결혼 후 아버지가 힘든 일을 겪으며 순간 가슴에 찬 분노를 억누르지 못할 때면 그 화가 전부 엄마에게로 향했지만, 엄마는 모든 고통을 감내하며 아버지와의 결혼 생활을 지속했다.

나중에 엄마에게 들었다. 자기 자식을 때리는 부모는 짐승만도 못한 존재라는 말을 아버지는 늘 입에 달고 다녔다고 한다. 본인을 세상에 태어나게 한 아비의 손에 두들겨 맞고 발길에 차이며, 자신은 나중에 부모가 되더라도 절대 자식에게만은 손찌검하지 않겠노라, 매일 눈물로 다짐했었다고.

어린 시절 앨범을 보면 아버지가 손수 찍은 사진들이 유독 많다.

포토샵이란 게 없었을 시절에, 오직 아날로그 필름과 렌즈만으로 만든 독특한 합성 사진도 있다. 사진 한 장 한 장마다 아래에는 아버지의 손글씨가 가득하다. 가만 생각해 보면, 나는 사랑을 참 많이 받고 자란 딸이다. 아버지는 비록 좋은 '남편'은 아니었을지라도, 내게 좋은 '아빠'임은 분명했다.

부모의 사랑을 받지 못하고 오히려 학대에 가까운 취급을 받으며 살아온 아버지가 다시 자식을 낳게 되었을 때의 심정이란 어떤 것이었을까. 나는 어쩌면 아버지께서 받았어야 했을 몫까지 더해, 두 배의 사랑을 받고 자란 걸지도 모른다.

문득 과거를 회상할 때면, 나쁜 장면은 군데군데 편집되고 즐겁고 행복했던 장면만 줄줄이 잇따라 떠오를 때가 있다. 집 안 구석구석에 먼지처럼 쌓인 어두운 기억들은 반짝거리는 좋은 추억들에 가려진다. 예를 들어, 아버지가 엄마에게 담배를 뱉었던 기억이 강하게 남아있는 옛집, 지하실 셋방. 그 지하실을 떠올리다 보면 검은 봉지를 들고 현관을 들어서는 아버지의 모습도 함께 겹쳐지곤 한다.

당시 나는 중학교 1학년이었다. 걸핏하면 코피를 쏟는 통에 엄마의 걱정이 끊이지 않았다. 아무래도 빈혈인 것 같다며, 빈혈에 좋은 영양제 한 박스라도 사서 먹이자고 엄마는 아버지에게 말했다. 다음 날 초저녁쯤, 아버지가 검은 봉지를 들고 나타났다.

봉지 안에 든 것은 영양제가 아니었다. 그전까지 한 번도 본 적 없었던, 기절한 듯 축 늘어져 있는 문어 한 마리였다.

생전 주방 출입이라고는 하지 않던 아버지가 대체 그 문어를 어떻게 삶았는지는 모를 일이다. 말없이 성큼성큼 부엌으로 들어가던 아버지의 옆모습, 커다란 냄비에 물을 끓이던 아버지의 뒷모습 같은 것들만 희미하게 기억이 남아 있다. 이윽고 김이 설설 오르는 문어 한 접시가 상에 올랐다. 껍질에서 배어난 팥죽색 국물이 뽀얀 살결과 접시 가장자리를 조금씩 적시고 있었다. 문어 토막의 두께는 떡국 떡의 세 배쯤은 되게 두툼했다. 개중에는 손가락 한 마디만큼 큰 덩어리도 섞여 있었다. 아버지와 나는 상에 마주 앉았다. 젓가락은 두 벌이었지만 아버지 앞에 놓인 젓가락은 움직이는 일이 좀처럼 없었다. 코피 흘리는 덴 문어가 좋다던가, 이거 먹으면 빈혈이 나을 거라던가, 그런 말 대신 아버지는 이렇게 말씀하셨다.

"이거 다 먹으라. 질기니까 막 오래 씹어야 된다."

어째서 아버지의 표현은 이리도 투박한 것일까. 어째서 자식들은 그 마음을 알면서도 차마 다가서지 못하고 아버지의 뒷모습만 지켜보고만 있는 것일까. 아버지의 뒷모습을 떠올릴 때면 언제나 체한 듯 가슴을 짓누르는 답답한 통증이 따라오곤 한다.

오래전 그날, 나는 아버지의 문어 한 접시를 깨끗이 비웠다. 따스한 온기가 남아 있는 문어는 씹으면 씹을수록 맛이 있었다.

아무리 질겨도 오래오래 씹다 보면 어느 순간 배어 나오는 문어의 감칠맛. 세상엔 그렇게 오래도록 씹어야만 제맛을 알게 되는 것들이 있다. 아버지의 투박한 표현 속에 담긴 진득한 사랑이 이제 와서야 어렴풋이 느껴지는 것처럼.

나는 아직도, 아버지와의 관계를 소화시키는 중이다.

'내 아버지는 미친개였다'로 시작하는 소설의 결말을 볼 용기가 나지 않는 것처럼, 나는 우리 가족의 끝을 상상하는 일이 두렵다. '내 아버지는 개자식이었다'로 시작하는, 남들에게 꺼내 보이기 힘들었던 나의 이 이야기는 언제 어떤 모습으로 결말을 맞게 될까.

아무리 마음을 다독여도, 지난날의 상처가 먹물 같은 슬픔이 되어 어둠 속에 나를 가둬 놓을 때가 있다. 그럴 때면 문어를 생각한다. 아버지가 삶아 주었던 내 어린 날의 문어를. 접시에 수북하게 담긴 오동통한 문어 한 토막을 입에 넣어 꼭꼭 씹던 그 날의 기억을.

이 세상에 낭창낭창 얄팍하게 썬 문어숙회도 존재한다는 사실은 시간이 흐른 뒤에야 알았다. 일식 칼을 눕혔다 세웠다 솜씨 좋게 놀려 단면에 선명한 계단 문양을 새기는 기술이란 게 존재한다는 사실도 역시 한참 후에나 안 일이다. 요즘 시내에 나가 보면 문어요리를 전문으로 하는 체인점도 여럿 눈에 띈다. 특히 부산에 오고 나서는 문어를 더 자주 만났다. 나는 코피를 흘리지 않는 튼실한 어른이 되어, 야들야들하게 삶아진 문어 한 점과 소주를 입에 털어 넣는다. 그럴 때마다 드는 생각이 있다. 몇 번 씹을 필요도 없이 꿀떡 넘어가는 부드럽게 잘 삶아진 문어일수록 나의 생각은 더욱 분명해진다. 난 역시, 아버지의 문어가 먹고 싶다.

삼키기 버겁다고 외면해버리기엔, 그 문어가 너무나도 따뜻했기에.

돗궤기반

당신을 떠나보내며 고기를 썰었다

할머니 돌아가셨어.

단톡방에 메시지가 떴을 때, 나는 영화의 전당에서 수업을 듣는 중이었다. 오빠의 메시지를 시작으로 '전화 줘', '나 새벽 비행기 예약했어', '어느 병원이야?' 같은 사촌 동생들의 다급한 메시지가 잇따라 단톡방에 올라왔고, 나는 그 하얀 말풍선들을 멍하니 바라보다가 핸드폰을 무릎에 내려놓고 고개를 들어 강사님의 입을 바라보았다.

스무 명 남짓의 학생들이 써 온 영화 비평문을 읽고 토론하는 자리였다. 잠깐 화장실에 가는 척 나가서 오빠한테 전화를 해 볼까 하는 생각도 들었지만, 강의실 문을 열고 나가려면 강사님 앞을 지나가야 했다. 굳이 그렇게까지 하고 싶지는 않았다.

할머니가 그 정도로 위독하셨던가. 혹시 사카린을 인터넷으로 구할 수 없겠느냐고 아버지가 전화로 물은 것이 목요일이었다. 할머니 등에 욕창이 심해져서 사카린을 물에 개어 바르는 민간요법이라도 써 봐야겠다는 얘기였다. 사카린을 파는 곳을 찾는 것은 어렵지 않았지만, 같이 사는 오빠에게 맡겨도 되는 간단한 일을 굳이 나에게 시키는 게 이해가 되질 않았다. 그리고 토요일, 내가 사카린을 주문하기도 전에 할머니가 돌아가신 것이다.

잠깐의 쉬는 시간이 주어지자 밖으로 나가 '미안, 나 카톡을 지금 봤어'라고 메시지를 보냈다. 엄마에게 전화를 걸어 언제까지 내려가야 하냐고 물었지만 엄마는 오늘이 토요일인지 일요일인지조차 헷갈리는 것 같았다. 짧은 통화가 여러 번 이어졌다. 핸드폰을 들고 화장실 앞을 서성이는 동안 수업이 금방 다시 시작되지 않을까 싶어 초조했고, 비행기 예매를 서둘러야겠다는 생각보다는 나한테 단정한 검은색 옷이 있었던가 하는 생각이 먼저 들었다. 그날, 나는 수업을 끝까지 다 듣고 집으로 돌아갔다.

근조화환을 보내기 위해 꽃집에 주문서를 넣을 때에야 내가 여태껏 할머니의 이름도 모르고 살았다는 걸 깨달았다. 실은 단 한 번도 할머니의 이름을 궁금해한 적조차 없었다. 아버지는 혼외자식이었고, 형제 중에 유일하게 할머니의 피가 섞이지 않은 인물이었다. 엄마 입장에선 시어머니가 둘, 내 입장에선 할머니가 둘. 그 환경 속에서 어느 한쪽도 서운하지 않도록 어른들을 신경 써서 모시는 일이란 불가능에 가까웠다. 본가의 할머니에게 웃으며 인사를 드리는 것 자체가 진짜 친할머니를 배신하는 일 같아 마음이 불편하기도 했다. 10년, 20년의 세월이 지나는 동안 나는 '참하고 예의 바른 손녀'의 가면을 장착한 채로 할머니를 대하는 데 익숙해졌다. 생신 때에는 건강하게 오래오래 사시라는 안부 전화를 드리고, 명절 때에는 생글생글 웃는 얼굴로 용돈을 챙겨 드리고. 그래 봤자 일 년에 두어 번이었다.

월요일 저녁, 공항에서 택시를 타고 달려 도착한 그곳에는 노란 삼베옷을 입은 아버지와 삼촌들이 있었다. 혹시나 했지만 큰아버지의 모습은 보이지 않았다. 오래전 연을 끊었다는 큰아버지는 이번마저도 가족들의 연락을 외면했다고 한다. 나는 슬프지 않았다. 슬퍼할 이유도 없었다. 피가 섞인 친아들도 아닌데 그곳에서 상주 노릇을 해야 하는 아버지가 가여울 뿐이었다. 그런데, 막상 할머니의 영정 앞에 서니 알 수 없는 눈물이 쏟아졌다. 그전까지는 내가 무표정한 얼굴로 서 있으면 친손녀가 아니니 저런다고 사람들이 손가락질 할까 봐 걱정이 됐었는데, 막상 눈물이 흐르니, 진짜 피가 섞인 가족들도 슬픔을 참고 있는데 재가 무슨 자격으로 저렇게 서럽게 울고 있냐는 말이 나올까 봐 두려워졌다.

절을 올리고 난 뒤 화장실에서 눈물을 닦아내고 식당으로 갔다. 이제 내가 할 일은 상주의 딸로서, 여자 사촌 중에서는 가장 나이가 많은 언니로서, 최대한 성실하게 일을 돕는 것뿐이었다. 큰아버지를 제외하더라도 남자 형제가 셋, 여자 형제가 셋인 집안이니 식당 안은 조문객들로 가득했다. 빈자리가 생겨나기가 무섭게 또 다른 손님이 그 자리를 채웠다. 기본적인 상차림은 상조업체 직원들이 해 주었지만, 손님들께 자리를 안내하는 일이나 부족한 반찬을 채우는 일, 식후에 커피를 갖다 드리는 일, 답례품을 챙기는 일, 손님이 가고 난 뒤 빈 그릇을 치우는 일, 등등 챙겨야 할 일이 많아 사촌 동생 전원이 투입되어도 일손이 부족할 지경이었다.

정신없는 이틀이 지나고 화요일 밤이 되었다. 10시를 넘기자 손님들의 발걸음도 서서히 뜸해졌다. 11시 즈음이 되어서는 거의 모든 손님이 돌아갔고 예닐곱 명쯤 되는 무리의 남자 어른들만이 남게 되었다. 삼촌의 친구분들이었다. 얼굴이 불콰해진 그분들은 자리를 뜰 마음이 없는지 고스톱판을 벌이기 시작했다. 테이블 주변으로는 소주병이 계속 쌓여 갔다. 급기야 술이 모자라서 급히 1층의 슈퍼로 내려가 한 짝을 더 사 오기까지 했다. 술을 채워 넣다 보니 테이블 위 접시가 텅 빈 것이 영 맘에 걸렸다. 살뜰하게 손님들을 챙기는 것이 지난 이틀간 내가 해 온 일이었지만, 자정이 넘어가니 몸도 마음도 지쳐 가고 있던 차였다. 식당 직원분들도 모두 퇴근해버린 늦은 시각, 이제 나도 그만 가면을 벗어 던지고 발 뻗고 쉬고 싶었다. 하지만 끝까지 손님들에게 좋은 인상을 남겨야 한다는 압박이 스스로를 등 떠밀어 주방으로 향하게 했다. 국을 담았던 커다란 솥도 스테인리스 반찬통도 이미 바닥을 드러낸 지 오래였다. 그나마 조금 남아 있는 김치 조각들을 접시에 싹싹 긁어 담고 주방을 나가려는데, 도마 옆에 돼지고기가 호일로 감싸져 있는 것이 보였다. 미리 썰어 놓았던 돼지고기 수육들은 시간이 지나면서 표면이 다 말라버려 손님들께 내놓을 수가 없었는데, 이 돼지고기는 덩어리째 호일에 싸 놓아 아직 촉촉하게 윤기가 돌았다. 테이블 아래 선반에는 새하얀 행주와 무쇠 칼이 놓여 있었다.

'이 칼을 내가 써도 되나?'

제주도에서는 잔치나 제사 같은 행사 때 돼지고기가 빠지지 않고, 그 돼지고기를 썰어 나누는 것도 아무나 하지 않는다. 손님 모두에게 돼지고기가 석 점씩 돌아가도록 기술 좋게 고기를 썰어야 하기 때문이다. 그 일을 담당하는 사람을 도감이라 부르는데, '막 두텁게 툭툭 썰어도 안 되고 몽탕몽탕 썰어도 안 되고 얄픗하게 낭썹(나뭇잎) 모양으로 잘 써는 사람[14]'이라야만 도감이 될 수 있다.

14 도감에 대한 설명은 『할망 하르방이 들려주는 제주 음식 이야기』에서 발췌했다.

썰어 놓은 고기를 손님들께 나르는 일이야 많이 해 봤지만 도감의 흉내를 내는 것은 처음이었다. 나는 마치 어른들 몰래 위험한 장난을 하는 어린아이가 된 것처럼 주변을 두리번거리면서 조심스레 칼을 쥐었다. 무쇠 칼은 내가 집에서 쓰는 스테인리스 식칼보다 묵직했다. 시퍼런 날이 형광등 불빛을 받아 번뜩거려 살짝 겁이 나기도 했다. 왼손에 비닐장갑을 끼고 묵직한 고깃덩어리를 도마 위에 올려놓았다. 왼손으로 돼지고기의 탄력을 느끼면서 천천히 칼질을 시작했다. 날이 어찌나 잘 세워져 있는지 칼끝이 가볍게 고기를 통과해 도마에 닿았다. 얄팍하고 매끈하게 썰어진 고기 조각이 목련 꽃잎처럼 도마 위로 툭 떨어졌다. 하얀 비계에서 윤기가 흘렀다. 손님들은 이 비계를 좋아할 게 분명했다. 비계와 살코기가 고루 섞이도록 고기를 전부 썰어 플라스틱 접시 세 개에 나눠 담았다. 이틀간 날랐던 접시 중에 가장 수북한 접시였다. 고스톱을 치는 어른들 어깨 틈으로 팔을 뻗어 테이블 사이사이에 고기와 김치를 올려놓고는 주방으로 돌아왔다. 나무 도마가 돼지기름을 머금고 반들반들 빛을 내고 있었다. 도마와 칼을 씻어, 아무 일도 없었다는 듯 원래 있던 자리에 되돌려 놓았다. 주방은 고요하고 어둑했다. 그 적막한 공간 속에 잠시 앉아 있다가 조문실 안쪽에 마련된 작은 방으로 들어가서 잠을 청했다.

다음 날에는 이른 아침부터 온 가족이 모여 장례지도사에게 발인 절차에 대한 설명을 들었다.

"…… 맏며느리나 장손이 영정사진을 들고 선두에 섭니다. 맏며느리가 영정사진을 드는 것은 그간 쌓였던 고부간의 갈등을 모두 해소하자는 의미가 있는 것이고, 장손이 영정사진을 드는 것은 생전에 아낌없이 주셨던 사랑에 보답하기 위해 손자가 할머님을 배웅한다는 의미가 있는 것이지요."

'맏며느리'와 '장손'이라는 단어에 순간 몸이 움찔했다. 어떻게 참아볼 새도 없이 또 주르륵 눈물이 흐르고 말았다. 진짜 맏며느리도 아닌데 맏며느리 역할을 감당해야 하는 엄마의 어깨가 유난히 작게만 보였다. 끝내 나타나지 않는 큰아버지가 야속했고, 당신께서 배 아파 낳은 진짜 장남과 장손의 얼굴을 다시 보지 못하지 못하고 눈을 감은 할머니의 삶이 처량했다. 눈물을 흘릴 상황이 아니란 것을 알면서도 자꾸만 어깨가 들썩거렸다. 옆에 서 있던 사촌 동생이 내 등을 토닥였다. 나는 슬픔 때문에 우는 것이 아니었다. 엉뚱한 이유로 울고 있었다. 입술을 질끈 깨물고 손톱을 세워 손등을 마구 눌러댔지만 눈물은 쉽게 멈춰지지 않았다.

"다음은 운구할 사람을 정해야 하는데요, 성인 남자 여섯 명 정도가 필요합니다. 보통은 상주의 친구분들이 그 역할을 맡아주곤 하는데, 뭐 제가 보니까 이 가족은 다 큰 손자들이 많아서 사람이 부족하지는 않겠습니다."

"아, 그건 이쪽, 제 친구들이 하기로 했습니다."

장례지도사의 말에 삼촌이 입을 열었고, 한쪽에 서 있던 친구분들이 손을 들었다. 고스톱을 치면서 술을 마시던 바로 그분들이었다. 그제야 그분들이 밤새 계속 자리를 지킨 이유를 알 수 있었다. 술을 마신 기색이라곤 전혀 없이 멀끔한 정장 차림으로 서 있는 그분들을 보면서, 나는 부끄럽고 죄송스러운 마음이 들었다.

그 밖에도 장례 절차는 내게 낯선 것들 투성이었다. 관이 화장터 화구 안으로 들어가는 모습을 유리 너머로 지켜볼 수 있는 방이 따로 마련되어 있었는데, 장례지도사의 안내에 의하면 들어갈 수 있는 띠와 없는 띠가 정해져 있었다. 나와 숙모는 바깥 복도에 나와 있어야 했다. 숙모는 어머님 마지막 가시는 모습도 못 보게 되었다며 서럽게 울었다. 일 년 가까이 할머니를 댁에 모시고 기저귀까지 직접 갈아 가며 성심성의껏 간호했던 숙모였다. 나는 숙모의 등에 손을 올렸다. 그때, 안쪽에서 곡소리가 터져나왔다.

"어머니! 문 열엉 나옵서! 어머니!"

아버지였다. 아버지가 울음 섞인 목소리로 쩌렁쩌렁 외치고 있었다. 아버지가 할머니를 어머니라고 부르는 것을 듣는 게 처음이었다. 문 열엉 나옵서, 어머니! 그 외침은 한동안 일정한 간격으로 반복됐다. 혹시 아직 혼령이 육신에 남아 있거든 얼른 빠져나오시라는 의미로 외치는 곡소리라고 했다. 어머니이, 문 열엉 나옵서 어머니이이, 그 소리가 울려 퍼질 때마다 가슴이 선득선득했다.

아버지가 친어머니 품을 떠나 본가에 오게 된 것은 일곱 살 무렵이라고 한다. 임종 직전에 아버지의 얼굴을 어루만지며 '미안하다, 미안하다'는 말을 반복하셨다는 할머니. 비록 친아들은 아닐지언정, 할머니가 진심으로 우리 아버지를 자신의 아들로 여기며 사랑을 주었을 수도 있다는 사실을 나는 모든 것이 지나간 후에야 생각해 보게 되었다.

살면서 단 한 번도 할머니를 위해 무언가를 사드린 적이 없다. 할머니가 무얼 좋아하는지, 어떤 음식을 자주 드시는지 알려고 노력하지도 않았다. 아버지가 부탁했을 때 바로 사카린을 주문했더라면. 어쩌면 그게 내가 할머니 한 분을 위해 보내는 처음이자 마지막 선물이 될 수 있었을 텐데.

할머니를 화장터까지 모실 어른들에게 돼지고기를 썰어 대접한 일이 그나마, 유일하게, 내가 할머니 가시는 길에 내보인 작은 성의가 된 셈이다.

나는 전혀 기억이 나지 않지만, 내가 두세 살이 될 무렵까지 우리 가족은 본가에서 살았다고 한다. 그러니까, 엄마 등에 업힌 채로 돼지비계를 손에 꽉 쥐고 물고 빨고 주물러 댔다던 그 시기는 내가 친할머니와 살기 이전이라는 뜻이다.

토실토실한 우량아였던 나는 엄마 등에 업혀 자지러질 듯 울기 시작한다. 아무리 어르고 달래도 울음을 그칠 줄 모르는 나에게 누군가 다가와 삶은 돼지고기 한 토막을 쥐여 준다. 나는 돼지비계를 손에 꽉 쥐고 무아지경으로 기름을 빨아 댄다. 입술로 문대고 빨고 입에 넣어 오물거리고 있는 동안에, 기름기가 볼에도 턱에도 묻어 얼굴이 온통 번들거린다. 나는 딸랑이 대신 돼지비계를 손에 쥐고 방긋방긋 웃는다……. 내 머릿속에 각인된 장면일 리는 없고 단지 엄마의 증언을 이미지로 재현했을 뿐이겠지만, 나는 지금껏 이 희미한 장면 속에서 내 손에 돼지비계를 쥐여 주는 인물은 당연히 나의 친할머니일 거라고 생각했었다. 그러나 시간을 고려해 보면, 인정하고 싶지 않아도, 그 장면의 퍼즐

한 조각이 잘못되었음을 알 수 있다. 나의 울음을 그치게 하려고 내 손에 돼지비계를 쥐여 준 사람은, 아마도, 돌아가신 할머니겠지. 살아 계시는 동안에는 이름조차 모르고 지냈던 할머니. 이제는 감사한 마음을 전하려 해도 전할 방법이 없는, 나의 할머니.

벌꿀 카스텔라

우리를 잠시 마주 보게 하는 마법

내가 '고레에다 히로카즈'라는 감독에게 푹 빠지게 된 것은 영화 〈걸어도 걸어도〉를 통해서였다. 2009년에 개봉한 작품이지만, 나는 이 영화를 2016년 여름에 관람했다. 무더웠던 8월에 어떻게 한 시간 거리의 극장까지 갈 결심을 했을까. 그날 극장에서 '고레에다 히로카즈' 특별전이 열렸던 것은 지금 생각해 보면 운명적인 일이었다. 존재도 몰랐던 감독의 작품들 중 그냥 시간이 맞아서 선택한 영화. 관객은 적었고 러닝 타임은 길었다. 그러나 에어컨 바람이 선선하게 두 팔을 감싸는 그 공간 안에서, 나는 예기치 못한 눈물을 흘리고 말았다. 끅끅 소리가 새어날까 봐 입을 틀어막고 젖은 얼굴로 한 가족의 모습을 지켜보던 기억이 지금도 생생하다.

당시 나는 부모님을 찾아뵙는 일이 버거웠다. 제주도 고향 집에 들어서는 순간부터 묵직한 공기에 짓눌리는 기분이었다. 얼굴에 밝은 웃음을 띠면서도 속은 불안했다. 집안의 기대에 맞추어 예의 바른 손녀, 착한 딸, 어엿한 직장인의 행세를 하는 것이 힘에 부쳤다. 가족들의 사소한 말 한마디 한마디를 마음속에 담아두었다가 자취방에 돌아와서도 잊지 않고 곱씹으며 속상해했다.

영화 속 '료타'네 가족의 모습도 크게 다르지 않았다. 온 가족이 한데 모인 풍경은 즐겁고 평화로워 보인다. 하지만 가만히 살펴보면 그 평화에는 군데군데 균열이 가 있다. 부모와 자식의 생각이 조금씩 어긋나고, 무심결에 서로에게 상처가 되는 말을 한다. 모두가 속내를 다 드러내지는 않기에 평화는 깨지지 않고 그럭저럭 유지된다.

이 영화가 처음 개봉했을 때 보았더라면 조금 덜 울 수 있었을까. 2009년이라면 대학을 졸업하기 전이고, 가족이란 관계를 그냥 외면하고 도망치면 되는 것쯤으로 착각하고 있었으니까.

그러나 시간이 흐르는 동안 상황이 달라졌다. 나를 낳았을 당시의 엄마 나이를 지나면서부터, 부모님의 삶에 대해 생각해 보는 날들이 늘어갔다. 몇 년 만에 부모님을 마주했을 때, 아버지의 야윈 어깨와 엄마 손등에 피어난 검버섯이 가장 먼저 눈에 들어왔다. 부모와 생각이 다르고 부모에게서 받은 상처를 털어내지 못했으면서도, 막상 늙어 가는 부모의 뒷모습을 지켜보는 일은 왜 그리 씁쓸하기만 한지. '늘 이렇게 한발씩 늦는다니까'라고 조용히 읊조리던 료타처럼 나 역시 언제나 한발 늦는 자식이었다. 서른이 되어 남들보다 7년 늦게 본 영화는, 그렇게 나를 꾸짖었다.

더군다나 영화 속 가족의 사정은 우리 집안의 모습과 겹쳐지는 부분이 너무나도 많았다.

가족과 소통할 줄 모르는 무뚝뚝한 아버지, 남편의 외도도 모른 척 눈감으며 헌신적으로 아이들을 키워 낸 어머니. 장남의 부재로 힘든 시기를 함께 넘겨 온 가족, 끝내 채워지지 않는 장남의 빈자리…….

혼자만 다른 어머니에게서 태어난 나의 아버지는 유독 할아버지와 불화가 많았다. 태어난 순간부터 아버지는 할아버지에게 그저 못난 자식일 뿐이었다. 장남이 집안과 연을 끊고 자취를 감춘 후에도, 할아버지는 차남인 우리 아버지를 자신의 자식으로 인정하지 않았다.

몇 년 전 여름, 할아버지의 부탁을 받고 큰아버지가 있는 곳을 찾아간 적이 있다. 할아버지가 불러 준 주소는 부산진구 부전동. 내가 다녔던 회사에서 가까운 거리였다. 낯설지 않은 동네일 거라 생각했는데 아파트 단지를 지나자 별안간 높은 언덕이 등장했다. 지도 앱을 여러 번 확인하며 차가 지나다닐 수 없는 좁은 골목길을 오르고 올라 마침내 주소에 적힌 집에 다다랐다. 녹슨 대문을 열고 마당에 들어서자, 한 남자가 집 안에서 나왔다. 본 적이 있는 얼굴이었다. 검게 그을린 피부에 진한 눈썹, 무섭게 번뜩이는 눈동자. 나의 할아버지와 나의 아버지를 꼭 닮은 남자가, 알 듯 말 듯한 표정으로 나를 바라보고 있었다.그 역시 나의 얼굴에서 누군가의 얼굴을 읽었으리라.

우리는 낡은 선풍기 하나 탈탈 돌아가는 좁은 방에 바싹 붙어 앉았다. 몇 시간 동안 큰아버지를 설득했지만 큰아버지는 생각을 바꾸지 않았다. 가족들 곁으로 돌아가지 않겠다는 큰아버지를 원망할 수는 없었다. 억지로 손목을 잡아끌 수도 없었다. 긴 침묵이 이어졌다. 멍하니 큰아버지 이마에 맺힌 땀방울을 바라보다 시선이 아래로 흘렀다. 고집스럽게 꾹 다문 입술. 처진 입매. 아버지의 입을 바라보는 기분이었다. 내가 태어나기 한참 전에는 이렇게 닮은 얼굴을 한 형제들이 옹기종기 모여 밥을 먹기도 했었겠지. 문득 그런 생각이 들었다. 좀처럼 열리지 않는 저 입에서, 한때는 환한 웃음이 피어나기도 했을까.

〈걸어도 걸어도〉 속 가족들이 화목해 보이는 것은 주로 '먹는 장면'에서다. 식구(食口)라는 글자 그대로, 그들은 한 지붕 아래서 많은 음식을 함께 나눠 먹는다.

어머니는 갖가지 재료를 쌓아 놓고 음식을 준비하느라 바쁘다. 줄곧 서재에만 틀어박혀 있는 아버지를 제외하고 나머지 식구들은 부엌에서 일손을 거든다. 료타도 식탁에 앉아 아내와 아들에게 옥수수 손질법을 가르쳐 준다. 나란히 줄 맞춰 붙어 있던 옥수수알들이 후두둑 소리를 내며 떨어진다. 그는 대나무 소쿠리 하나 가득 쌓인 옥수수 알을 뿌듯한 듯 흔들어 보인다. 그의 누나 치나미도 옛날 생각이 난다며 기뻐한다.

장마철 떨어지는 빗방울처럼 시원스러운 소리를 내며 기름이 끓는다. 기름에 둥둥 뜬 옥수수튀김은 먹음직스럽게 황금빛으로 익어 간다. 숟가락으로 반죽을 하나씩 떠 넣어 가며 모양을 잡았어도, 옥수수알 몇 개는 꼭 반죽에서 떨어져 나와 펑 소리를 내며 튀어 오른다. 터지는 옥수수알에 데일세라 조심조심 튀김을 뒤집고 건져내는 어머니. 머리가 하얗게 센 어머니 옆으론 치나미가, 그 옆으론 료타의 아내 유카리가 나란히 서 있다. 치나미는 노릇한 옥수수튀김을 접시에 옮겨 담으며 중얼거린다.

“슬슬 나오시겠지? 눈은 나쁘지만 코는 아주 좋거든.”

아버지는 이미 부엌에 들어와 있다. 근엄한 얼굴을 하고 옥수수튀김을 향해 손을 뻗는 아버지. 온 식구들이 몰려들어 옥수수튀김을 집으면서 분위기가 순식간에 시끌벅적해진다. 모두의 얼굴에 미소가 번지고, 료타도 즐겁게 웃는다. 어머니는 부지런히 튀김을 계속하며, 옥수수튀김에 얽힌 추억을 풀어놓는다.

"그때도 지금처럼 펑! 펑! 하고 소리가 났었지."

반가운 마음에 아버지도 모처럼 식탁 의자에 앉아 몇 마디를 거든다. 그 이야기는 장남 준페이를 회상하는 것으로 연결되고 료타는 무언가 하고 싶은 말을 억누르며 옥수수튀김 조각을 입에 넣는다. 어느새 표정이 굳어졌지만, 적어도 방금 전 스쳐 간 웃음은 진짜였다.

평생 집안일이라고는 하지 않는 근엄한 가장이 옥수수튀김 냄새에 홀려 부엌으로 들어서는 것처럼, 나의 할아버지도 그렇게 귀여워 보이는 순간이 있다. 할아버지는 고구마튀김이나 카스텔라 같은 달콤한 간식 앞에서 눈빛이 달라진다. 명절 전날 음식을 준비하다 고구마를 튀길 즈음이면 방에서 나와 어슬렁어슬렁 집 안을 돌아다니기 시작한다. 그럴 때면 엄마는 못 말리겠다는 듯 접시에 튀김 몇 개를 담아 할아버지를 챙겨드렸다. 얌전히 접시를 받아든 할아버지는 꼭 다른 사람 같았다. 줄곧 무서운 얼굴을 하고 있던 할아버지가 고구마튀김을 오물거리는 순간에는 순한 양처럼 보였다.

커피에도 설탕을 다섯 숟가락 넣을 정도로 단 것을 좋아하는 그 입맛은 아버지도 마찬가지다. 오랜만에 고향을 찾을 때면 나는 일부러 팥소가 잔뜩 들어간 황남빵이나 벌꿀 카스텔라 같은 간식거리를 사 간다. 할아버지와 아버지의 귀여운 얼굴이 보고 싶어서다.

이제 할아버지와 아버지는 한 자리에서 식사를 하는 것조차 쉽지 않은 사이가 되었다. 큰아버지처럼 아예 의절한 것은 아니지만, 아버지와 할아버지 사이에 깊어진 감정의 골은 무엇으로도 메울 수 없을 듯싶다. 나는 두 분을 각각 찾아뵙고 할아버지 앞에 한 번, 아버지 앞에 또 한 번, 달콤한 간식을 꺼내 놓는다. 바스락 비닐 뜯는 소리와 후루룩 커피를 마시는 소리가 우리 사이의 빈틈을 채운다. 네모반듯한 카스텔라를 한 조각 썰어 천천히 나눠 먹을 때면 긴장했던 마음도 잠시나마 편안해진다. 묵직한 공기가 가벼워지고 부드러운 온기가 번져나가는 순간을 그렇게 두 번 맛본다.

때로는 그 기억들을 겹쳐 놓고 싶어진다. 투명한 필름에 새겨진 그림처럼 두 개의 장면이 하나로 포개어질 때, 그 풍경 속에선 할아버지와 아버지가 나란히 입을 오물거리고 있다.

〈걸어도 걸어도〉에는 계단과 언덕을 오르내리는 장면이 유독 자주 등장한다. 아버지는 지팡이를 짚고 혼자 느릿느릿 계단을 내려가고, 얼마 후엔 료타 부부가 아이를 데리고서 그 계단을 올라간다. 아버지와 아들, 손자까지 3대가 앞서거니 뒤서거니 하며 육교를 건너 바다를 향해 걷기도 한다. 형 준페이가 묻힌 묘지를 다녀올 때 어머니는 언덕길을 걸어 내려오며 료타에게 노란 나비에 대한 이야기를 들려준다. 그 언덕길을, 료타는 부모가 세상을 떠난 후에 다시 또 걷게 된다. 이번에는 자신이 딸에게 노란 나비 이야기를 들려주면서.

부모에게 주어진 삶과 자식에게 주어진 삶 사이에는 반드시 얼마간의 시차가 존재한다. 자식은 대부분 부모의 뒷모습을 쫓는다. 그렇다고 부모와 자식이 걷는 길이 언제나 한 방향일 수는 없다. 때로는 누군가 지나간 길을 뒤늦게 걷기도 하고, 때로는 서로의 길이 엇갈리기도 하면서, 멀어지고 가까워지고를 반복하며, 그렇게 우리는 살아가는 것이 아닐까.

한때는 부모로부터 영영 멀어지고 싶었다. 하지만 지금은, 정신없이 길을 걷다 지칠 때면 무심코 부모가 있는 쪽을 향해 고개를 돌리는 나의 모습을 발견한다. 나의 아버지도 그랬을 것이다. 한 번쯤은 자신의 아버지와 따스한 눈빛을 주고받고 싶었으리라. 하지만 걸어도 걸어도, 길 위에서 그들은 늘 외로웠다.

나는 한평생 자신의 둘째 아들에게 온전한 사랑을 주지 않았던 할아버지의 모습을 본다. 끝내 할아버지를 용서하지 못한 아버지의 모습을 본다. 나란히 걷지 못하고 멀찍이 떨어진 채로 서로 다른 길을 걷는 두 남자의 모습을 본다. 횡단보도 앞 신호를 기다리는 사람들처럼, 그 둘은 아주 가끔 마주 선다. 파란불을 기다리는 잠깐 동안의 시간만이 허락된 사람들. 나는 서로를 똑바로 응시하지 못하고 허공을 헤매는 두 남자의 불안한 눈동자를 본다. 파란불이 켜지고, 앞을 향해 내딛는 그들의 발걸음을 본다. 서로 닮은 두 얼굴이 서서히 가까워지다, 결국은 다시 멀어진다. 서로에게서 등을 돌린 채 한 발 한 발 더 멀어져 가는 그 둘의 모습을, 나는 뒤에서 오래오래 지켜보았다. 애초에 함께 걸을 수 없는 사람들이란 걸, 세상에는 그런 가족도 있는 법이란 걸, 이제는 안다.

할아버지와 아버지가 얼굴을 맞대는 순간은 영영 다시 오지 않을지도 모른다. 부모와 자식이 서로에 대한 미움이나 원망을 내려 놓고 웃을 수 있는 순간이란 거짓말처럼 짧기만 하다. 나 역시 부모를 향해 쌓아 올린 마음의 벽을 모두 허물지는 못했다.

그래서일까, 나의 시선은 영화 속 식탁 위에 유난히 오래 머물문다. 요란한 소리를 내고 고소한 기름 냄새 풍기면서 가족을 한데 모으는 옥수수튀김. 빨간색 파란색 신호등처럼 가족을 멈춰서게 하고 서로를 마주 보게 하는, 그 마법 같은 것들에.

걸어도 걸어도, 살아도 살아도, 끝내 서로를 이해할 수 없는 거라면 우리, 각자의 목적지를 향해 무심히 걷다가도 또 다른 교차로에서 다시 만나 마주 볼 수 있기를. 잠시나마 웃게 되기를. 바삭한 고구마튀김이나 묵직한 단팥빵, 부드러운 벌꿀 카스텔라 같은, 소박하지만 정겹고 눈물 나도록 달콤한 것들 앞에서.

독새기 반숙

달걀 한 알에 담긴 사랑

엄마는 식구 중에 가장 먼저 일어나 아침을 시작했다. 컴컴했던 집안에 어슴푸레 노란 빛이 감돌면 엄마가 부엌으로 가 전구알을 켰다는 뜻이었다. 노란 빛을 품은 곳으로부터 무언가 달그락거리는 소리가 들려왔다. 나는 이불 속에서 아직 잠이 깨지 않은 채로 그 소리에 귀를 기울였다. 이윽고 달콤하고 고소한 냄새가 퍼졌다. 어푸어푸 요란하게 세수하는 소리도 들렸다. 그건 아빠가 엄마 다음으로 일어나 출근을 준비하는 소리였다. 그러고 나면 집안이 잠시 조용해졌다. 내가 까무룩 다시 잠에 빠지려 할 때, 달그락달그락 소리가 또 한 번 들렸다. 들릴 듯 말 듯 아주 희미한 소리였다. 가끔은 두런두런 말소리가 섞여 들리기도 했다.

졸린 눈을 비비며 마루로 나가면 엄마 아빠가 작고 동그란 상 앞에 마주 앉은 것이 보였다. 숟가락을 쥔 사람은 아빠 한 명이었다. 아빠는 양은 냄비에 담긴 노란 것을 숟가락으로 떠먹고 있었다.

"뭐 먹어?"

비몽사몽한 와중에 그렇게 물은 적이 있는 듯도 하다. 똑같은 풍경이 매일 아침이 몇 번이나 반복해서 펼쳐졌다. 냄비 한 귀퉁이를 잡고 숟가락으로 달그락달그락 소리 내며 바닥까지 싹싹 긁어먹던 아빠의 모습, 그리고 그 앞에 앉아 가만히 아빠를 지켜보던 엄마의 모습은 어린 나의 머릿속에 선명하게 각인되었다.

아빠가 매일 아침 출근 전에 먹었던 그 음식은 달걀로 만든 요리였다. 달걀 서너 알을 깨뜨려서 양은 냄비에 넣고 약한 불 위에 올려 휘휘 저어 익히는데, 재료는 특별하지 않아도 달달하고 고소한 향의 유혹이 어찌나 강렬했던지 나는 아침마다 군침을 흘려야 했다. 반찬으로 먹는 달걀부침이나 달걀말이, 달걀찜과는 달랐던, 유난스레 촉촉하고 야들야들 부드러워 보였던 그 모양새도 호기심을 자극했다. 나중에는 아침이 되면 절로 눈이 떠질 정도였다. 하지만 이런 내 마음을 아는지 모르는지 엄마는 내 몫까지 2인분을 만든다거나, '너도 한 번 먹어 볼래?'라고 묻는 일이 없었다.

그러다 마침내 나도 그 음식을 맛볼 기회가 생겼다. 아빠가 급히 출근하느라 그랬는지 어쨌는지는 몰라도, 아침에 일어나 마루로 나가 보니 아빠는 없고 상 위에는 냄비만 덩그러니 남아 있었다. 아직 손도 대지 않은, 작은 양은 냄비 안에 듬뿍 담긴 달걀 요리를 마주하자 심장이 뛰었다. 간절한 눈빛으로 엄마를 쳐다보았다. 엄마가 마침내, 드디어, 내게 숟가락을 내밀었다. 나는 감격스러운 마음으로 한 술 가득 떠서 입에 넣었다. 아. 아…….

달았다. 너무 달았다. 그런 데다 고소한 맛도 강해서 내 입에는 그 조합이 도리어 이상하게 느껴졌다. 나는 어찌어찌 한두 입 더 먹고는 숟가락을 내려놓았다. 꿀도 듬뿍 참기름도 듬뿍 넣어 향은 참 좋았지만, 나는 두 번 다시 그 달걀 요리를 달라고 조르지 않았다.

엄마는 달걀을 가지고 왜 그런 요리를 만들었을까. 지나치게 달아서 우리 집에서 아빠밖에 먹는 사람이 없었던 그런 음식을. 그냥 코팅프라이팬에서 만들지 왜 설거지하기 힘들게 하필이면 양은 냄비에다 만들었을까. 조금 자라고 나서는 그런 것들이 궁금해졌다. 하지만 중학교에 올라가고 부모님과 떨어져 살게 되면서 그런 사소한 질문의 답을 찾아야 할 이유가 사라졌다. 눈앞에 닥친 상황만으로 충분히 정신없고 힘들었던 것이다.

방학이 되면 나는 엄마를 보기 위해 서귀포로 갔다. 생계를 위해 부모님이 정착한 곳은 산속의 감귤밭이었다. 그 옆의 낡은 집을 개조해 살았다. 가건물처럼 허름했던 집은 한 번, 두 번 찾아 갈 때마다 조금씩 모습이 달라졌다. 키우는 개도 한 마리, 두 마리 늘어났다. 외진 산속이었기에 캄캄한 밤이 되면 부모님을 지켜줄 사냥개들이 필요했던 것이다. 그러다 나중에는 닭도 생겼다. 엄마는 울타리를 쳐 놓고 서너 마리의 닭을 키웠다. 마당에 풀어놓으면 닭들은 곡곡곡곡 소리 내며 이곳저곳을 돌아다니고 흙을 쪼아 먹었다.

"야, 미양아, 이거 봐라!"

어느 날 엄마는 신기하고 재밌다는 듯 자신의 손에 들린 것을 보여 주었다. 갓 낳은 달걀이었다. 그 후로 엄마는 아침마다 닭장에 들어가 달걀을 주웠다. 싱크대 밑 달걀판에 차곡차곡 모았다. 한 알, 한 알, 허투루 놓으면 깨질세라 아주 조심스럽게.

일 년에 두 달 남짓의 시간이나마 부모님과 함께할 수 있었던 시절을 지나, 이제 일 년에 서너 날 얼굴을 보는 것조차 쉽지 않은 나이가 되었다. 예전의 그 달걀 요리도 한동안 까맣게 잊고 살았다. 그런데 우연히 펼쳐 든 요리 잡지에서 익숙한 사진 하나를 보게 되었다. 제주도의 향토 음식만 모아 놓은 두툼한 잡지에서 나의 시선을 사로잡은 한 페이지. 거기엔 '독새기[15] 반숙'이라는

15. '달걀'의 제주어

단어가 적혀 있었다. 사진에서 느껴지는 부드럽고 몽실몽실한 느낌도, 참기름을 듬뿍 넣어 냄비에서 휘휘 저어 만드는 조리법도, 내가 아는 음식이었다. 독새기 반숙. 꿀을 넣었다는 점만 차이가 있을 뿐, 그건 엄마가 아버지를 위해 만들던 아침 식사가 분명했다.

그러고 보면, 아주 오래전 엄마에게도 자신을 위해 달걀 요리를 만들어 주던 사람이 있었다. 엄마의 엄마, 그러니까 나의 외할머니. 지금도 육고기보다 나물 반찬을 더 좋아하는 엄마는 어린 시절엔 비위가 더 약했다고 한다. 고기는 입에도 대지 않고 채소만 먹어 비실비실 마르는 통에 외할머니의 걱정을 샀다. 식구가 바글바글한 집에서, 외할머니는 다른 자식들은 다 제쳐두고 엄마의 도시락에만 매일 달걀 요리를 싸 주었다. 양은 도시락에 달걀을 풀어 두었다가 가마솥 밥 뜸을 들일 때쯤 살포시 넣어 두면 부드럽게 익는 달걀찜이었다. 고기는커녕 달걀 한 알도 귀하던 시절, 학교에 가면 반 친구들은 엄마의 도시락을 보고 탄성을 질렀다. 하지만 엄마는 웃으며 내게 털어놓았다. "친구들은 다 좋겠다고 부러워하는데, 나는 그것도 닭 비린내가 나서 먹기 싫었주."

엄마는 외할머니가 해 주신 달걀찜을 맛있게 먹지는 않았지만, 오랜 기간 꾸준히 반복해 온 그 사랑의 힘을 온몸으로 느끼며 자랐다. 매일 아침 나를 위해 달걀 요리를 해 주는 사람이 있다는 건 얼마나 따스한 행복인가. 사랑에 굶주린 유년을 보낸 남편을 만난 후로, 엄마는 자신이 외할머니에게서 받았던 사랑을 아낌없이 나누어 주었다.

계란과 달걀. 같은 말이지만 나는 음식 이야기를 쓸 때면 꼭 달걀이라는 단어를 고집하곤 했다. '달걀'은 '닭의 알'에서 만들어진 순우리말이고 '계란'은 한자어라는 이유 때문은 아니다. 달걀, 이라고 소리 내어 발음할 때 입안에 느껴지는 울림이 좋았다. 계란은 달걀에 비해 어감이 밋밋했다. 그럼 '독새기'는 어떤가. 울림소리 하나 없이 디귿, 기역, 시옷으로만 조합된 단어. 잘못 발음하면 무슨 욕 같기도 하고, 독한 인상을 주는 말.

나는 '달걀'처럼 부드럽게 울리는 가정을 꿈꿨지만, 우리 가족이 처한 상황은 늘 '독새기' 같았다. 툭하면 엄마에게 버럭 화를 내는 아버지가 미운 적이 많았다. 금방이라도 금이 갈 듯 위태로운 상황이 반복되었지만 엄마가 있어 우리 가정은 결코 깨지지 않았다. 독새기 같은 가정을 품기 위해 엄마 혼자 희생해 온 세월이 길었다. 그게 어떻게 가능했을까. 외할머니가 돌아가셨을 때 나는 대전에 있었다. 외할머니가 위독해 여러 병원을 옮겨 다녀야 했던 시기에 나는 아무런 도움도 되지 못했다. 멀미가 심한 외할머니가 다른 누구의 차도 타지 못하고 아버지가 운전하는 차만 편안히 타셨다는 이야기를, 한참 후에야 전해 들었다. 엄마가 자신의 어머니를 잃고 힘겨워하던 순간에 엄마 곁을 지켜 준 사람은 결국 아버지였다.

엄마는 자신의 아버지를 일찍 여의었다. 아버지가 없는 가정에서 자란 엄마는 결혼을 하고 자식을 낳았을 때 이 아이들에게 아버지가 있다는 생각에 기뻤을 것이다. 부모가 아침상에 마주 앉은 풍경을 아이들에게 보여 주고 싶었을지도 모른다. 그건 어쩌면, 엄마가 자라는 동안 내내 그리워했을 한 장의 풍경이다.

엄마는 외할머니의 달걀찜에서 배운 마음, 귀하고 몸에 좋은 것을 주려는 마음에 자신만의 한 가지를 더했다. 나의 아버지와 할아버지가 좋아하는 꿀을 듬뿍 넣었다. 불화가 잦은 부자간에도 어김없이 이어져 온, 단 것을 좋아하는 입맛을 위해.

꿀을 넣어 달콤하게 만든 독새기 반숙. 그건 이 세상 어디에도 없는, 오로지 우리 집에만 존재하는 우리 부모님만의 언어였다. 어린 딸이었던 나는 그들이 아침마다 주고받는 게 무엇인지 알아차리지 못했다. 노오란 독새기 반숙 안에 몽글몽글 모여 있는, 그 따스하고 보드라운 언어들을, 애틋한 마음을.

꿀을 넣어 만든 독새기 반숙. 그 안에는 나의 외가와 친가의 이야기가 반씩 깃들어 있다.

너는 계단을 내려간다. 한 계단 한 계단, 밑으로 내려갈수록 주변은 더 어두워진다.

너는 마침내 철문 앞에 선다. 교복 주머니를 뒤적여 열쇠를 꺼낸다. 철컥, 소리와 함께 열쇠가 돌아간다.

너는 철문을 열고 어둠 속으로 들어간다. 문 옆의 벽을 더듬는 순간, 습하고 찬 기운이 손끝에 닿는다. 스위치를 올리자 비로소 형광등 불빛 아래 집 안의 사물들이 모습을 드러낸다.

너는 신발을 벗고 20센티쯤 되는 높이의 단 위로 올라선다. 발밑에는 플라스틱 칠성사이다 박스와 얇은 장판이 깔려 있다. 차가운 맨바닥을 가정집 마루처럼 꾸미기 위해 너의 부모가 손수 구해다 깐 것이다. 그 마루를 지나, 너는 어둑한 방 안으로 들어간다.

오늘은 대형마트에 다녀왔어. 책을 좀 사고 싶어서 마트 5층 서점에 잠시 들른 거였는데, 책을 고르고 나서 시간을 확인했더니 마침 지하 식품매장 폐점 시간이 가까워졌더라고. 당장 지하로 내려가 한 바퀴 둘러보니까 생선 코너의 연어가 눈에 들어오더라. 40퍼센트 할인을 하고 있어서, 한 팩을 오천 원에 살 수 있었지.

연어에 소금과 후추를 뿌려 에어프라이어에 집어넣고서는, 뜨거운 공기가 순환되는 소리와 채칵채칵 타이머 돌아가는 소리를 들으며 원룸 안의 작은 창문을 열었어. 캄캄해진 창밖에선 딱 적당하게 시원한 바람이 불어온다. 방안의 탁한 공기는 물론이고, 마음속에 남아 있던 먼지들마저 깨끗이 씻겨나가는 기분이야.

그래서 문득, 너에게 안부를 묻고 싶어졌어.

안녕, 열두 살의 나.

오늘 저녁, 너의 창문에선 무엇이 보이니?

알아. 내가 지금 너에게 아주 잔인한 질문을 던지고 있다는 걸.

지금 너의 방 창문에선 아무것도 보이지 않을 테니까. 아니, 너의 집 어디에도 창문이라는 건 아예 존재하지 않으니까 말이야.

초등학교를 졸업하고 중학교에 들어갈 무렵, 우리 가족은 지하로 이사를 가야 했지. 흔히 말하는 반지하도 아닌, 정말 어두컴컴한 지하실로. 햇빛 한 줌 들어올 틈이 없어서 낮이나 밤이나 형광등 불빛에 의지해 살아야 했어. 하지만 아무리 형광등 불빛이 밝다 해도 우중충한 기운을 몰아내기엔 역부족이었고, 새로 도배한 벽지에는 시커먼 곰팡이가 스멀스멀 피어났어.

언젠가, 하굣길에 친구가 너를 집까지 데려다주겠다고 한 적이 있어. 너는 무척 당황했지. 너의 집이 지하실이라는 걸 친구들에게 들키고 싶지 않았으니까. 애써 태연한 표정을 지으면서 친구와 나란히 걸어 집 앞까지 왔고, 손을 흔들며 친구에게 인사를 건넸어. 그리고는, 2층으로 향하는 계단을 오르기 시작했어. 한 계단 한 계단 오르는 동안 너는 자꾸만 뒤를 돌아보고 싶었지. 혹시 친구가 아직도 집 앞에 서 있는 건 아닌지 겁이 나서. 다시 내려갈 수도 없어서 너는 2층과 3층 사이의 계단에 앉아 등을 웅크렸어. 얼마의 시간이 흘렀는지 짐작할 수 없을 정도로 오래, 너는 그곳에 홀로 앉아 있었어.

그때의 너를 실제로 만날 수 있다면, 나는 너와 함께 계단에 앉아 있을 거야. 해가 지고 밤이 찾아올 때까지. 그리고 어둠이 서서히 우리들 주변으로 깔릴 때, 너의 어깨를 감싸 안아줄 거야. 아무도 보지 않는 어둠 속에서 네가 실컷 울 수 있도록.

그리고 너의 눈물을 모두 닦아 주고 나면, 들려주고 싶은 노래가 있어. 어쩌면 열 마디의 말보다도 더 너에게 필요할지 모를, 단 한 곡의 노래.

눈 오는 날은 생선을 굽는 거야 눈 구경할 핑계 삼아
현관문을 활짝 열어 놓고 지글지글지글지글
커다란 창문이 있다면 코코아를 끓였겠지만
반지하 우리 집 창문에선 눈이 보이질 않아

생선을 꺼내
어젯밤 일기예보대로야
생선을 꺼내
혹시 몰라 미리 해동시켜 둔

정말 눈이 와 정말 눈이 와 정말 눈이 와
정말 눈이 와 정말 눈이

— 로켓트리, <생선을 꺼내>

나는 이 노래를 직접 라이브로 들은 적이 있어. 대학 졸업 후에 인턴으로 근무하게 된 어느 카페에서였지. 때때로 사진이나 그림 전시가 열리기도 하고, 뮤지션의 공연이 열리기도 하던 그곳에서 '로켓트리'의 공연이 열리게 된 거야. 하지만 일개 인턴이 뭐 공연을 제대로 감상할 여유나 있었겠니. 믹서기에서 얼음과 바닐라 아이스크림이 갈리는 소리, 원두가 갈리고 에스프레

소가 추출되는 소리, 제빙기 안에서 갓 얼려진 얼음이 와르르 쏟아지는 소리, 비명 같은 고음을 내지르면서 스팀 노즐이 우유 속에 뜨거운 공기를 주입하는 소리. 그런 소음들 속에서 밀려드는 주문을 감당하느라 정신이 없었지.

공연이 본격적으로 시작되고 나서는 잠시 숨을 돌릴 수 있었지만, 카페 안에 울려 퍼지는 경쾌한 멜로디와 보컬의 낭랑한 음성에 귀를 기울이기엔 내가 너무 지쳐 있었어. 나는 이 공간에 초대받지 못한 손님이구나, 하는 생각에 조금 서글펐던 것 같아. 사람들이 공연을 즐기는 동안 나는 어둑한 주방에서 투명 인간처럼 움직이며 빈 컵과 빈 병들을 치워야 했으니까.

공연이 끝난 후에 다른 손님들처럼 앨범을 구입하고 사인을 받고 싶었지만, 내 수중에는 앨범을 구입할 돈 만 원이 없었어. 내가 할 수 있는 일이라고는 무대 공간을 확보하기 위해 한쪽으로 밀어둔 테이블이며 의자들을 제자리에 돌려놓고, 화장실에 화장지를 채워 놓고, 싱크대에 쌓인 유리컵들을 뽀득뽀득 씻는 일뿐이었어. 그런데 그때, 짧은 한숨을 내쉬면서 양손에 핑크색 고무장갑을 끼우려던 그 순간에, 놀랍게도 '로켓트리' 멤버 한 분이 내게 말을 걸어왔어.

그분은 내가 어설픈 포토샵 실력으로 밤을 꼴딱 새워 가며 만든 공연 포스터를 손에 들고 있었어. 기념으로 한 장 가져가도 되겠느냐고 묻고, 내게 감사 인사를 했지.

순간 가슴속의 무언가가 울컥했던 것 같아.

그 후로 시간이 많이 흘렀지만 지금도 종종 그때를 생각해.

'로켓트리'의 노래 중에서도 특히 〈생선을 꺼내〉를 자주 찾아 들으면서, 당시에는 제대로 감상하지 못했던 노래 가사 하나하나를 곱씹고 또 곱씹어 봐.

눈 오는 풍경을 보기 위해 일부러 생선을 굽는다는 가사는 밝고 유쾌하지. 하지만 더 중요한 건 2절의 후렴구야. 어느 순간 '생선'이 '기타'로 둔갑해서는 '기타를 꺼내'라는 가사가 계속 반복되거든. 기타를 꺼내. 어젯밤 일기예보대로야. 기타를 꺼내. 혹시 몰라 미리 해동시켜 둔……

나는 그분들을 나와는 다른 위치에 있는 사람들로 여겼었지만, 사실 그때 그분들은 첫 정규앨범을 내고 갓 1년을 넘긴 신인 인디밴드였어. 당시의 내가 80만 원도 되지 않는 인턴 급여를 받고 버텨야 했던 것처럼, 그분들도 분명 한때 가난한 청춘의 시절을 통과해야 했을 거야.

눈 오는 풍경이 보이지 않는 반지하 집에서도 즐겁게 시간을 보낼 방법을 알고 있었던 사람들. 버티기 힘든 추위가 찾아와도 기타를 치고 노래를 부르면서 꿈을 포기하지 않았던 사람들. 그 반짝거리는 청춘을 생각하면서 〈생선을 꺼내〉를 듣고 있으면, 굳게 닫혀 있던 마음의 창이 활짝 열리는 기분이 들어.

나는 너에게 부탁 한 가지를 하고 싶어.

지금 네가 서 있는 지하실 마루를 꼭 기억해 줘. 너를 조금이라도 아늑한 집에서 지내게 하기 위해 부모님이 묘안을 짜내서 탄생시킨 마루야. 플라스틱 칠성사이다 박스로 만들어 낸 그 마루에서, 밥상에 둘러앉아 우리 가족은 많은 식사를 함께했었지. 딱새우를 한 솥 가득 삶아서 까먹던 순간도, 아버지가 낚아 온 고도리회의 맛에 깜짝 놀라던 순간도, 엄마가 부친 프렌치토스트에 앞다퉈 포크질을 하던 순간도, 그곳에 있어. 돼지비계의 배지근함도 문어숙회의 온기도 모두 그 마루 위에 남아 있어. 그 따스한 추억들을 기억해 줘.

현실의 어려움을 이겨내기 위해 너희 부모님이 정말 노력하고 있다는 사실을, 버티기 힘든 추위가 찾아와도 자식의 꿈을 위해 포기하지 않았던 사람들이 바로 너희 부모님이라는 사실을, 잊지 말아 줘.

결국 중요한 건 빛 한 줌 새어 들어오지 않는 암흑 같은 시간 속에서도 마음의 창을 활짝 열어 두는 일인 것 같아. 어둠이 스스로를 갉아먹지 않도록 매일 창을 열어서 햇살을 쬐어 주고, 상쾌한 바람을 쐬어 주고, 창 너머의 풍경을 상상하며 희망을 놓지 않는 일인 것 같아.

에어프라이어를 열었더니 노릇하게 구워지고 있는 연어 토막이 보인다. 껍질에서 지글지글지글 기름이 끓고 있어. 사실 집에서 연어를 굽는 건 처음이야. 구이용 생선보다는 참치 통조림이나 꽁치 통조림을 더 자주 사 먹게 되니까. 분홍빛 살집에 고소하고 바삭한 껍질을 두르고 있는 연어구이가 왠지 나를 위한 특식 같아서 기분이 들떠오른다.

그러고 보니 연어는 강을 거슬러 오른다고 하지. 세상의 물살과는 상관없이 자신이 가야 할 방향으로 묵묵히 나아가는 연어. 어둠 속에서도 절망하지 않고 나의 꿈을 향해 나아가기 위해선, 아무래도 다음에 또 한 번 '지하'로 향해야 할 것 같아. 지하 1층 식품매장에서 떨이로 나온 연어토막을 다시 만나게 된다면, 그땐 더 정성 들여 요리를 해 봐야겠어.

일본 영화 속 한 장면처럼 석쇠에 연어를 구워 보면 어떨까. 불 위로 기름이 한 방울 떨어질 때마다 치이익 하는 소리와 함께 연기가 피어오를 거야. 그 연기가 우리 집 작은 창을 넘어 너에게까지 너울너울 퍼져 갔으면, 매캐한 연기와 고소한 향기가 너의 코끝을 간질간질 간질였으면 좋겠다. 그렇게 된다면 믿어 줄래? 네가 있는 곳이 그렇게 어둡지만은 않다는 사실을, 지하는 부끄러운 게 아니라는 사실을 말이야. 정말 그럴 수 있다면 열두 살인 너와 서른다섯 살인 나, 우리 둘 다 웃으면서 편안히 잠들 수 있을 텐데.

부디 오늘 밤도 달콤한 꿈꾸기를.

안녕, 단발머리 소녀야.

고마워. 잘 지내.

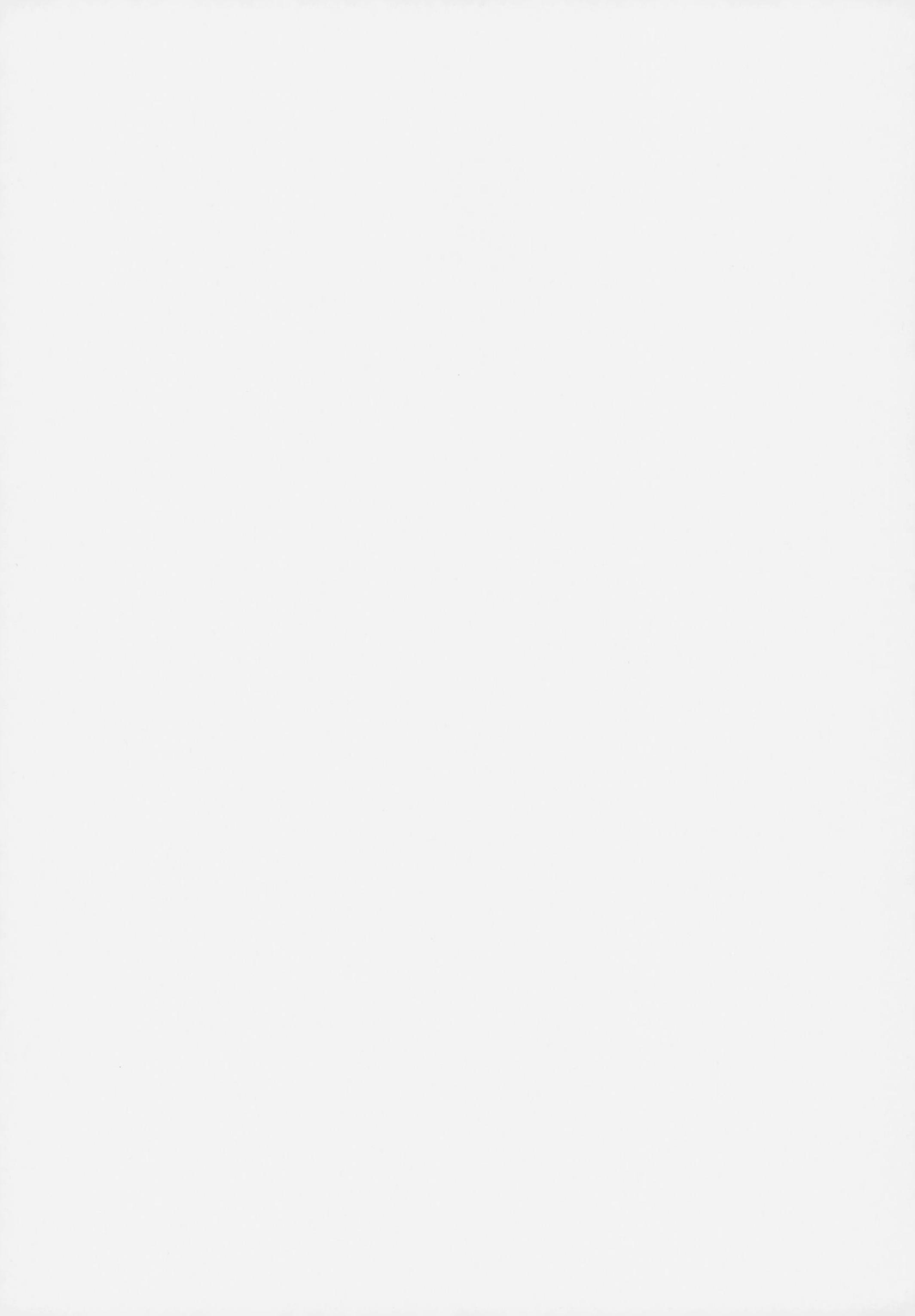